보름달
안과

보름달 안과

변윤하

문학수첩

보랏빛 수풀이 펼쳐졌다. 어둠 속에서 나는 거대한 수풀을 헤치며 나아갔다. 단단하고 **빳빳한** 줄기에 피부가 베였다. 절대로 벗어날 수 없을 것 같은 암흑이 울렁거렸다. 나는 크게 심호흡을 한 뒤 주머니 속에서 작은 칼을 꺼냈다. 푸른 단검으로 식물을 베자, 곧 수풀 뒤에 펼쳐진 장면을 목격할 수 있었다.

누군가 암흑 속에서 내달린다. 기다렸다는 듯 그 사람을 따라 달린다. 애타게 찾고 있던 사람을 발견한 것처럼. 그 사람이 누구인지 속으로 확인한 채로.

끝없이 펼쳐진 길을 한참 내달린 후, 그는 수천 개로 조각난 거울 앞에서 멈추어 선다. 파편들이 그를 둘러싼 채 허공에 흩어져 있다. 하나하나 유심히 살피던 그가 조각난 거울 파편 중

하나로 걸어 들어간다. 나는 그가 걸어 들어간 파편을 정확히 기억해 내어 따라 들어간다.

은종 소리와 함께 장면이 바뀐다. 안락한 의자에 앉아있는 키 큰 남자가 보였다. 그 남자를 향해 나아간 그는 자신의 품에 소중히 쥔 아이를 보여준다.

아빠!

그를 부르는 내 목소리가 나오지 않았다. 나는 다시 한번, 아빠를 향해 소리친다.

아빠!

나를 봐달라고, 내가 여기에 있다고 아무리 외쳐도 그들은 나를 바라보지 않는다. 아이를 굽어살피는 키 큰 남자가, 손바닥으로 아이의 얼굴을 가린다. 무언가 주문을 외우는 것처럼 중얼거리자, 아이의 얼굴 위로 녹색 문양 여러 개가 떠오른다. 마치 주술이라도 부리는 것처럼, 그의 손길에 따라 문양들이 춤을 추며 아이를 비춘다.

아이에게 가해지는 문양의 온기가 강해질수록, 아빠의 피부색이 창백해진다. 남자의 주술이 마치 아빠를 잡아먹는 것처럼. 나는 아빠를 향해 소리친다.

아빠가 서서히 사라진다. 이 세상에서, 영원히.

나는 꿈에서 깨어났다.

1. 거울과 까마귀

까-악- 까-악-

교문을 들어서는 순간 낯선 울음소리가 들렸다. 나는 멈춰 선 채로 하늘을 물끄러미 올려다보았다. 까마귀 소리인가? 구름이 얼룩진 하늘은 금방이라도 비가 올 듯 어두웠지만, 어디에도 까마귀는 보이지 않았다.

잘못 들었나.

나는 시선을 내린 채 교정을 걸어갔다. 뺨에 닿는 바람에 물기가 차게 서려있었다. 까마귀가 울면, 불행한 일이 생긴다고 그랬던 것 같은데. 누구였더라. 빛바랜 기억 너머 희미한 목소리가 들리는 듯했다.

그래서일까? 오늘따라 어두운 날씨도, 서서히 떨어지기 시작하는 찬 빗방울도 전부 마음에 들지 않았다. 분명 집을 나올 때까지만 해도 맑았는데 갑자기 회색이 된 하늘이 꿈처럼 비현실적으로 느껴졌다. 우산이 없는 나는 서둘러 교실로 뛰어갔다.

반에 도착해 숨을 고르는데 와자지껄한 소리 사이로 혜지가 걸어와 팔을 잡았다. 크고 동그란 눈망울이 나를 향해 대뜸 물었다.

"은후야! 나 어제 안과에서, 누구 봤는지 알아?"

"누구?"

"이시우."

당연히 알 거라는 양 혜지는 당당히 이름을 뱉었다. 그 이름을 떠올리기 위해 골똘히 생각하는 나를 향해 혜지가 설명을 덧붙였다.

"1학년 수석으로 들어온 애 있잖아, 옆 반에. 가까이에서 보니까 더 잘생겼더라."

"아, 그래?"

"응, 이 아이돌 닮은 것 같지 않아?"

휴대폰 바탕화면 사진을 보여주며 혜지가 말했다. 사진 속에는 얼굴이 희고 갸름한 남자 아이돌이 해사하게 웃고 있었다. 그제야 나는 이시우를 기억해 냈다.

입학식 날 학년 대표로 단상에 나간 아이. 전교생 앞에서 선서

하던 그 아이는 멀리서 보아도 훤칠했다. 복도를 걸어갈 때면, 가끔씩 친구들에게 둘러싸여 있는 시우의 모습이 보이기도 했다. 말쑥한 얼굴로 스스럼없이 웃는 얼굴이 오후의 햇살처럼 환했다. 그런데 어쩐지 휘어지며 웃는 반달눈이 이질적으로 느껴졌다. 마치 천사처럼 웃는 가면을 쓴 이쁘장한 인형 같았다. 언제부터인가 혜지는 시우에 대해 슬쩍 이야기를 꺼냈다. 이미 여학생들의 인기를 독차지한다고 말하는 혜지의 뺨이 발그레했다.

연예인밖에 모르는 혜지가 관심을 가질 정도면 확실히 잘생기긴 한가보다. 나는 적당한 웃음으로 대답을 대신하며 자리에 앉았다. 그런 것들에 신경 쓸 여유 같은 건 내게 없었다. 지난달에 그만둔 편의점 아르바이트를 대신할 일을 서둘러 구해야 했다. 손님이 없는 시간에 자습을 할 수 있는 아르바이트는 흔하지 않았고, 미성년이라는 조건 때문에 더욱 구하기 힘들었다. 하향곡선을 그리는 헌책방 매출은 이제 월세를 감당하기도 벅차, 기본적인 용돈은 내가 벌어서 써야 했다.

창밖에서 바람이 들어왔다. 후드득 떨어지던 빗줄기가 금세 장대비로 이어졌다. 문득 엄마가 떠올랐다. 작년부터 눈이 침침하다고 하는 엄마를 위해 돋보기안경을 주문해 주었다. 책을 읽을 때면 엄마는 쌍꺼풀진 눈을 가늘게 뜨며 얇은 안경알 너머를 바라보았다. 엄마가 읽어나가는 글씨들은 모두 조그마한 유리 알 너머 확대된 세상이었다. 그마저도 눈이 피로한지 엄마는 금세 책을 덮었다. 책을 헤질 때까지 읽던 엄마의 취미는 그렇게 사라져 갔다.

담임 선생님이 들어와 아침 조회를 시작했다. 창밖으로 쏟아져 내리는 빗줄기에 쿰쿰한 냄새가 흘러들어 왔다. 푸른 풀의 향기와 촉촉한 흙의 냄새, 아이들의 체취가 섞여 교실 안을 둥둥 떠돌아다녔다.

거세게 내리치는 빗소리 너머 들리는 가늘고 음침한 울음에 흠칫 고개를 들어 창밖을 내다보았다.

까-악- 까-악-

까마귀 소리였다. 모든 걸 떠내려 보낼 듯 요란하게 내리치는 빗줄기도 그 소리만은, 덮어주지 못했다.

* * *

청소 당번인 혜지는 조금만 기다려 달라고 했다. 안과에 같이 가자고 말하는 혜지의 얼굴이 유난히 밝았다. 혜지가 그런 얼굴을 할 때면 아무런 슬픔도 고통도 모르는 해맑은 아이처럼 느껴졌다.

학교 건물 안 로비에서 혜지를 기다렸다. 우산이 없어 책방까지 데려다 달라 할 셈이었는데, 안과와 헌책방이 멀지 않으니 차라리 잘된 일이었다. 우산을 새로 사고 싶지 않았고, 비를 맞기는 더욱 싫었다.

차갑게 쏟아지는 비는 멈출 기미가 보이지 않았다. 시선이 자연스럽게 건물 앞 쏟아지는 빗줄기를 향했다. 실내로 들어오는 빗줄기들이 몸을 스치고 떨어졌다. 문득 기시감이 느껴졌다. 축축해진 양팔을 매만지며 흐릿한 기억 너머를 떠올려 보려 애썼다.

어디선가 뜨겁게 나를 바라보는 시선이 느껴졌다. 마치 눈치채기를 기다리는 것처럼, 아주 끈질기게.

그제야 이 장면을 어디에서 보았는지 깨달았다. 꿈속에서. 비가 쏟아지는 어둠속에서, 강렬하고 번뜩이는 눈길이 나를 향하고 있었다.

재빨리 사방을 둘러보았다. 빗줄기 틈새로 오는 그 시선은 까마귀의 것이었다. 산책로에 난 등나무 줄기 위로 새까만 까마귀 한 마리가 내려앉아 있었다. 검고 반짝이는 눈으로 나를 정확하게 노려보았다. 마치 나를 안다는 듯한 그 눈빛을 마주 보는 기분이 이상했다. 보이지 않는 실타래가 까마귀와 나 사이에 마구잡이로 엉켜있는 것만 같았다.

까마귀와 눈을 맞추다가 주머니에서 거울을 꺼냈다. 까마귀는 반짝이는 걸 좋아한다고 얼핏 들은 기억이 났다. 손거울을 꺼내 까마귀를 향해 펼쳐냈다.

로비 형광등에 거울을 비추어 까마귀 쪽으로 빛을 반사했다. 컴컴한 등나무 위로 흰빛이 동그랗게 새겨졌다. 까마귀가 작은 날갯짓으로 반응해 주었다.

빛을 천천히 까마귀 가까이 비추었다. 까마귀의 고개가 까딱였다. 날갯짓을 하던 까마귀가 순식간에 날아올랐다.

까마귀가 어디로 사라졌는지 찾기 위해 고개를 돌린 바로 그때, 가까이에서 바람이 스쳤다.

푸드득, 무언가 거울을 빠르게 낚아채 가져갔다. 펼쳐진 양손 아래로 내려앉은 검은 깃털들이 보였다. 멍하니 서있던 나는 다급히 깨닫고 소리쳤다.

"내 거울!"

멀리 날아가는 까마귀의 휘어진 발톱에 거울이 분명히 매달려 있었다. 까마귀를 향해 냅다 내달렸다. 생각할 겨를도 없었다. 머릿속에는 오로지 한 가지 생각뿐이었다.

'거울을 되찾아야 해.'

까마귀가 날아간 산책로 뒤편에는 쓰레기 분리수거함과 창고가 있었다. 평상시 잘 가지 않는 장소였다. 분리수거함은 청소 당번일 때 몇 번 갔지만, 창고는 한 번도 들어가 본 적이 없었다.

14

산 아래 있는 창고는 학교가 남녀공학으로 바뀌기 전까지는 꽤 쓰였지만, 수년 전 건물을 확장하는 공사와 함께 새 창고가 지어진 후로는 더 이상 사용되지 않는 버려진 장소라고 했다.

창고의 열린 창문 속으로 까마귀가 날아들어 가는 게 보였다. 어두운 창고 지붕 아래로 빗줄기가 검게 떨어져 내렸다. 창고 가까이 다가가 문고리를 조심스럽게 돌렸다. 의외로 문은 한 번에 열렸다.

끼이익―

낡은 철제 소리와 함께 창고 안으로 조심스럽게 들어갔다. 비에 젖은 몸에 퀴퀴한 냄새가 덕지덕지 달라붙는 것 같아 불쾌했다. 서둘러 나가고 싶은 마음에 두리번거리는데 등 뒤에서 문이 철커덕 소리를 내며 닫혔다. 쇳소리를 내는 바람이 스산히 울렸다.

창문을 올려다보았다. 바람이 통하는 창문 너머로 원형의 달이 희게 떠있었다. 달을 보기에는 조금 이른 듯했지만, 하늘이 어두워서인지 유독 하얗게 빛나는 달이 아름다웠다. 시선을 내린 채 조심스럽게 창고 안을 둘러보기 시작했다. 마구잡이로 쌓인 책상과 의자들, 얼마간의 시간이 서린지 알 수 없는 잡다한 운동기구들, 학교에서 쓰일법한 물건들이 서서히 눈에 들어왔다.

쌓인 잡동사니 뒤쪽 벽에 흰빛이 어렸다. 홀리듯 가까이 다가가 벽을 막고 있는 기구들을 치워내기 시작했다. 의자와 책상을 밀어내고, 딱딱한 벽에 손바닥을 대었다. 그러자 차갑고 매끄러운 표면이 느껴졌다.

거대한 거울이었다. 도대체 창고 안으로 어떻게 가져왔는지 짐작조차 안 될 정도로 커다란 거울. 먼지에 덮인 표면이 흐릿하게 잠들어 있는 것 같았다.

"후."

입술을 모아 바람을 뱉자, 거울에 쌓인 먼지가 날씨처럼 흩어져 내렸다. 마치 뿌연 안개 뒤로 가려진 세계가 잠에서 깨어난 것처럼.

어른거리는 빛은 거울에 반사된 달빛이었다. 은은한 달빛 아래 내 얼굴이 보였다. 마치 꿈속에서 본 것처럼.

후두둑-

생각에 잠겨있는 나를 깨우듯 까마귀의 날갯짓 소리가 들렸다. 고개를 돌려 까마귀의 행방을 찾았다.

"…저기 있다."

침을 꼴깍 삼킨 후 검은 두 눈을 똑바로 마주 보았다. 까마귀는 어수선히 쌓인 의자 꼭대기에 앉아 나를 내려다보고 있었다. 검은 발톱 끝에 달린 손거울이 희미하게 반짝였다.

잠잠히 앉아있는 까마귀의 높이는 손이 닿지 못할 듯싶었다.

긴 막대기를 찾기 위해 두리번거렸지만, 손에 쥘 정도의 가벼운 물건은 보이지 않았다. 하는 수 없이 까마귀를 향해 입술을 작게 달싹여 말했다.

"그, 거울 좀 돌려줄래? 나한테 소중한 거야."

말해놓고도 스스로 머쓱해 웃음이 새어 나왔다. 그런데 말을 알아듣기라도 하듯 까마귀가 미세하게 반응을 보였다. 날갯짓하는 까마귀를 살펴보다 천천히 말을 이었다.

"돌아가신 아빠 유품이거든… 그것만 돌려주면 뭐든 줄게. 반짝이는 거, 아니 원하는 거면 전부 다. 그 거울만 돌려줘."

마치 응답하듯 까마귀가 커다란 날갯짓을 시작했다. 까마귀의 날갯짓에 인 검푸른 바람이 몸에 닿았다.

"응? 뭐든 해줄 테니까, 제발."

애원하듯 뱉어낸 목소리 위로 까마귀가 사뿐 날아올랐다. 발톱에 쥔 손거울이 손을 뻗으면 닿을 거리에 있었다. 나는 빠르게 점프해 손을 뻗었다.

'잡았다…'라고 생각한 바로 그 순간이었다. 착지하는 발을 헛디뎌 몸의 균형이 무너졌다. 뭐든 붙잡기 위해 허공으로 팔을 저었다. 손바닥에 날카로운 물체가 스쳤다, 사라졌다.

아! 손바닥이 따끔했다. 뜨거운 기운이 손바닥을 가득 적셨다. 손을 감쌀 새도 없이 몸이 차가운 유리에 거세게 부딪혔다. 거울이 깨지는 소리가 날카로웠다.

어디선가 맑은 종소리도 들려오는 것 같았다. 눈을 질끈 감은 채, 나는 그대로 무너져 내렸다.

* * *

유리 파편 위로 넘어졌다고 생각했지만, 질끈 감은 눈을 뜨자 전혀 다른 공간이 펼쳐졌다. 먼지투성이인, 더럽고 어두운 창고 와는 정반대의 장소였다.

높은 천장에 달린 샹들리에에서 주황빛이 아득히 쏟아졌다. 손에 닿은 카펫의 촉감을 느끼며 천천히 일어섰다. 가까운 벽에 붙은 난로에서 붉은빛이 스멀스멀 타오르다 저물기를 반복했다. 난로 앞에 달린 양철 냄비에서 고소한 냄새가 풍겨 나왔다.

시선을 한눈에 잡아 끈 것은 거울들이었다. 수백 개는 되어 보이는 손거울들이 맞은편 벽에 한가득 달려있었다. 각각의 거울 속에 내 모습이 비쳤다. 수백 개로 조각난 내 모습을 물끄러미 바라보았다. 움직일 때마다 거울 속의 내가 따라 움직였다.

한참 거울 속 내 모습을 응시하던 나는 고개를 흔들며 정신을 차리려 애썼다. 몸을 돌리자 풀 냄새가 가득 풍기는 수납장이 눈에 들어왔다. 수납장 쪽으로 가까이 다가갔다. 투명한 유리 수납장 안에 든 온갖 비커들이 서로 이어져 있었다. 핑크와 보라, 파랑을 띤 형광액체들이 비커 안에서 끓으며 작은 폭발을 일으켰다가 사라졌다. 수동식 증류 기계와 다양한 길이의 스포이트, 반짝이는 수상한 물약들. 마치 이곳에서 예측할 수 없는 실험이 행해질 것 같았다. 아래쪽에 놓인 기다란 병 안에는 식물 줄기 같은 것들이 담겨있었는데, 각각 다른 사람의 신체를 형상화한 모양이었다. 나는 손처럼 자라난 줄기를 발견하고 인상을 찡그렸다. 손 아래로 흐르는 선홍빛 액체에서 시큼한 냄새가 났다. 식물 손에서 시선을 떼어내며 숨을 작게 내쉬었다. 긴장감에 손이 저렸다.

꿈속에서 보았던 그 공간이다. 꿈을 꾸는 것은 아닌지 손등을 꼬집어 보려는데, 손바닥에 묻은 피가 그제야 눈에 들어왔다. 나는 양손을 쭉 펼쳐냈다. 날카로운 무언가에 베인 듯 왼쪽 손바닥에 흉이 져있었다. 그 상처를 가만히 들여다보는데 낯선 목소리가 들렸다.

"여기는 어떻게 들어왔어?"

화들짝 놀라 고개를 돌려 목소리의 정체를 확인했다. 그제야 내 또래로 보이는 여자애를 발견했다. 퉁명스러워 보이는 얼굴에 앳된 단발머리가 묘하게 어울리는 인상이었다.

"보아하니 손님은 아닌 것 같은데,"

당돌하게 말하는 여자애의 태도에 나는 머뭇거렸다. 가까이 다가온 여자애에게서 화한 풀 향기가 쏟아졌다. 생기 어린 작은 바람결에 어지럽던 정신이 조금이나마 맑아지는 것 같았다.

"나, 나는…"

말을 잇지 못한 채 내가 쓰러져 있던 쪽을 쳐다보았다. 그곳에는 창고에서 보았던 것과 같은 거울이 놓여있었다. 높은 천장까지 길게 뻗은, 은빛 테두리의 거대한 거울 안에 내 모습이 투명하게 비쳤다. 내 뒤로 반대편 벽에 걸린 손거울들도 함께 보였다. 거울 속의 거울 속의 거울들. 그 안에 수천 조각으로 조각난 내 모습이 기이하게 느껴졌다. 거울 앞에서 서성이는 내게 여자애가 뾰족하게 말했다.

"됐어. 별로 궁금하지도 않고. 도선생이 오기 전에 돌아가. 굳이 신경 쓰게 만들고 싶지 않으니까."

거울에서 시선을 돌려 여자애를 보았다. 연노랑 원피스에 녹색 앞치마를 두른 여자애를. 여자애의 표정에 미세한 변화가 일었다. 바다 물결처럼 섬세한 눈동자가 내 손에 잠시 머물더니, 입술을 움직여 조곤히 말했다.

"간단한 응급조치는 해줄 테니, 피가 멎을 때까지만 앉아있든가."

내 손에 묻은 피를 본 듯했다. 시선을 홱 돌린 채 걸어간 여자애가 벽 한 면을 통째로 차지한 유리 수납장을 열었다. 긴 수납장 안에 놓인 다채로운 꽃과 풀 몇 가지를 꺼내 하얀 도자기에 담은 후 내 쪽으로 몸을 돌렸다.

"이리 와."

여자애가 가리키는 소파로 가 앉았다. 붉은 소파 속으로 몸이 푹신하게 미끄러졌다. 도자기 그릇에 넣은 꽃을 손절구로 짓이기던 여자애가 다가와 내 곁에 앉았다. 조용히 지켜보던 내가 한참을 망설이다 겨우 용기를 내 물었다.

"저… 여긴 어디야? 분명히 창고에 있었는데…"

"안과야. 그래도 명색이 병원인데 다친 사람을 내쫓을 수 없어서 있게 하는 거야. 조용히 쉬다가 돌아가."

"안과? 여기가?"

의아한 얼굴로 공간을 다시 한번 둘러보았다. 유리 수납장과 안락한 벽난로, 벽에 수두룩 걸린 작은 손거울들과 오렌지색 카펫까지. 마법사의 방이라고 한다면 차라리 믿을 텐데. 안과로 보일만한 물건은 하나도 없었다. 내 표정을 읽은 듯 여자애가 가볍게 덧붙였다.

"평범한 안과는 아니니까. 그 정도는 너도 느꼈겠지, 아무리 눈치가 없어도."

여자애는 내 손바닥을 꼼꼼히 들여다보더니 깨끗한 수건으로 피를 닦아냈다. 도자기 그릇 안에 맑은 액체를 부은 후 뭐라 작게 속삭이고는 끈적해질 때까지 천천히 저었다. 그러고는 그 끈적거리는 꽃잎 덩어리를 흉터 위에 얇게 펴 발라준 후 고개를 들어 나와 눈을 맞추었다.

"손바닥을 펴고 있어. 약이 흘러내리지 않도록."

손바닥에 얼얼한 기운이 퍼지더니 곧 따뜻해졌다. 손을 잡아준 여자애에게서 전해지는 온기였다. 여자애는 시선을 내린 채 잠시 내 손을 잡아주었다.

아무리 이성적으로 생각해 보려고 해도, 막상 마법 같은 일, 그러니까 꿈속에서 보았던 세계로 뚝 떨어져 버리는 일이 실제로 일어나니 도무지 생각을 정리하기 힘들었다. 그럼에도 마음이 진정되는 건, 여자애에게서 풍기는 따사롭고 아득한 꽃향기 때문인지도 몰랐다. 여자애의 동그란 눈 위로 새겨진 깊은 쌍꺼풀이 새침한 고양이처럼 깜빡였다.

"이상하네. 상처가 아물지 않아."

잠시 후, 혼잣말을 하며 여자애가 고개를 갸웃거렸다.

"그럴 리가 없는데. 분명히 맞게 제조했는데."

여자애는 도자기 그릇을 들어 킁킁거리며 냄새를 맡아보다가 다시 내게로 고개를 돌렸다.

"너, 무슨 짓을 한 거야?"

내 눈을 말끄러미 들여다보던 여자애가 대뜸 물었다.

"응?"

나는 눈을 깜빡이며 되물었다. 여자애의 얼굴에 의문이 가득 피어올랐다.

"그게 무슨…"

미처 말을 맺기도 전에 거대한 거울에 달린 은종이 딸랑, 흔들렸다. 선선한 소리와 함께 번개가 번쩍 내리치더니, 거울 속에서 사람이 걸어 나왔다.

키가 2미터는 족히 넘어 보이는 남자였다. 중절모에 커다랗고 검은 코트를 걸치고 있었다. 까마귀가 사람으로 형상화된다면 딱 이런 모습일 것 같았다. 까맣게 빛나는 눈동자에 검푸른 머리카락을 지닌 남자는 코트와 모자를 벗어 벽에 걸었다. 큼지막한 코트에 가려진 호리호리한 몸과, 모자에 꾹 눌린 가는 얼굴선이 주황빛 조명 아래 정직하게 드러났다.

"손님인가?"

나를 발견한 남자가 물었다.

"환자는 맞는데, 안과 쪽은 아니고요. 손에 흉터가 났길래 치료만 해주고 보내려고 했는데…"

여자애는 곰곰이 생각하느라 말을 잘 잇지 못하는 것 같았다.

"손 좀."

바로 앞까지 다가온 남자가 정중히 말했다. 신중한 그의 눈빛에 나는 곧바로 손을 보여주었다. 짧은 한마디만 했을 뿐인데도, 영험한 바람이 이는 것 같았다.

"말해준 대로 했는데 왜 약이 안 드는지 모르겠어요. 분명 틀리지 않았는데."

여자애는 혼잣말처럼 작게 중얼거렸다. 남자의 가늘고 긴 손가락이 내 손바닥 위를 가볍게 스쳤다.

그러자 손바닥 위로 연둣빛이 잔잔히 서렸다. 그 빛이 빛나는 원을 만들더니 어지러운 문양을 그려냈다. 그 문양을 신중하게 살피던 남자가 한 걸음 뒤로 물러서며 이마를 짚었다. 무언지 한눈에 알아본 듯한 남자의 얼굴에 약간의 피로감이 서렸다.

"다친 게 아니라 피로 계약한 거야. 피의 맹세는 깰 수 없어. 나조차도."

"피의 맹세요?"

나는 저절로 얼굴을 찡그렸다. 이 모든 상황이 말도 안 된다는 생각이 들었다.

"사라."

남자의 한마디에, 거울이 찰랑 흔들리며 검은 까마귀 한 마리가 날아올랐다. 천장을 한 바퀴 돈 후 커다란 거울 위로 사뿐히 내려앉았다. 까마귀를 바라보던 남자가 내게로 시선을 돌렸다.

"미안. 사라가 장난을 친 것 같아. 여기 오기 전에 사라와 네가 맹세를 한 것 같은데, 도대체 뭐라고 맹세한 거야?"

나는 사라라고 불린 까마귀를 흘긋 올려다보았다. 더 이상 발톱 아래 거울을 쥐고 있지 않은 까마귀의 두 눈이 나를 향했다. 나는 양손을 맞잡으며 대답했다.

"거울만 돌려주면… 뭐든 해주겠다고요."

남자는 긴 손가락으로 자신의 눈가를 만졌다. 생각하는 표정을 짓던 남자가 까마귀에 다가가 무어라 중얼거렸다. 속삭임이 잠시 이어지더니 까마귀의 날갯짓 소리와 함께 남자가 흘끔 내 쪽을 돌아보았다. 잠시 후 돌아온 남자가 말했다.

"맹세했으니 까마귀의 소원을 들어줘야지."

"소원이요?"

"그래, 소원. 다행히 어려운 건 아니야. 여기서 석 달만 일하면 네 물건을 돌려준다고 하네."

"뭐라고요?"

반응은 나보다 여자애가 더 빨랐다. 남자의 말뜻을 천천히 곱씹는 나와 달리 여자애는 발간 얼굴로 까마귀를 쏘아보았다.

"네가 부탁했잖아. 손님만 물어오지 말고 아르바이트생도 한 명만 데려오라고."

"그건 홧김에 한 말이었다고요. 그날따라 유독 할 일이 쌓여서… 게다가 아무것도 모르는 인간 아이가 뭐에 쓸모가 있겠어요? 걸리적거리기만 하지."

"맹세는 물릴 수 없어."

그 말에, 여자애는 참담한 표정으로 입술을 잘근 깨물었다. 도저히 납득할 수 없다는 얼굴이었다. 치료해 주던 때와 달리 나를 향한 적대감이 얼굴 위로 적나라하게 드러났다. 순식간에 바뀐 여자애의 태도에 섣불리 입을 뗄 수 없었다.

"아르바이트생은 칠 년 만이구나. 미나 다음으로 처음이니."

남자는 여전히 표정이 없었지만, 처음보다 온기가 서린 목소리였다.

"미나가 신경 써주도록 해. 계약서에 사인 받는 것도 잊지 말고."

책상 앞으로 걸어간 남자가 서랍을 열어 종이 뭉치를 뒤적거리더니, 빛바랜 종이 몇 장을 꺼내 미나에게 건네주었다. 미나는 손에 쥔 종이를 내려보다가, 내 얼굴을 바라보다가, 결국 입술을 움직여 힘없이 말했다.

"…알겠어요."

모닥불 앞 원형 탁자를 눈짓하며 미나는 내게 앉으라고 말했다. 원형 탁자를 사이에 두고 미나와 마주 보고 앉았다.

"도선생이 저렇게 말하는데… 어쩔 수 없지. 네게 얼마나 중요한 물건인지는 모르겠지만 약속을 지키면 받을 수 있을 거야. 사라는 함부로 맹세하지 않거든. 피의 맹세라면 더더욱."

미나의 눈동자가 나를 노골적으로 훑었다.

"일해본 적은 있어?"

"아르바이트는 해본 적 있어."

"어떤 거 했는데?"

"편의점이랑 카페. 신문 배달이랑 예식장 단기 알바도 해봤어. 가끔 엄마 책방일도 도왔고…"

여전히 마음에 들지 않는다는 얼굴로 고개를 대충 끄덕인 미나가 종이를 휘리릭 넘겨 내 앞으로 밀어냈다.

"한 달 후 받을 금액은 맨 아래 적혀있어."

금액을 확인한 나는 고개를 들어 미나를 바라보았다. 미나는 어서 사인하라는 듯이 턱을 기울인 채 나를 삐딱하게 내려다보고 있었다.

그동안 일을 하면서 배운 건, 세상에 공짜는 없다는 것이다. 이렇게 많은 돈을 주는 데는 분명 이유가 있을 터였다. 도선생이라 불린 남자를 힐끔 쳐다보았다. 아무래도 수상했다. 나름 눈치가 좋은 편이라고 생각했는데, 초자연적인 현상 앞에서 머릿속이 새하얘진 기분이다. 위험한 일도 모험 같은 것도 질색이라는 생각을 하는 동시에 불현듯 꿈에서 본 장면이 시야를 덮쳤다. 나는 조심스럽게 입을 떼었다.

"저, 여기가 뭐 하는 곳이야? 혹시 위험한 일이나… 그러니까…"

손을 만지작거리며 말을 늘어트렸다. 미나는 피식 웃더니 나를 향해 말했다.

"걱정 마. 너는 그냥…"

미나의 서늘한 눈동자에 일순간 푸른빛이 서렸다. 겨울처럼 차가운 그 눈빛에 절로 어깨가 움츠러들었다. 분홍빛 입술이 속삭이듯 작게 움직여 말했다.

"아무것도 하지 마."

2. 그믐달

보름달 안과.

이곳에서 도선생은 내게 환자 차트를 작성하는 일을 맡겼다. 손님이 오면 진료에 앞서 기본적인 인적 사항을 차트에 기록해야 한다고 도선생은 말했다. 수기로 작성하는 차트는 이름 순서대로 책장에 빽빽이 꽂혀있었다. 진료를 더욱 효율적으로 하도록 돕는 역할이라고.

도선생이 말한 차트란 다른 병원과 사뭇 달랐다. 환자의 증상이 아니라, 환자가 살아온 전반적인 인생, 싫어하거나 좋아하는 것, 애정을 두는 장소, 감정의 색깔이나 영혼의 무게 같은 것들이 상세하게 적혀있었다. 다른 건 그렇다 쳐도, 감정이나 영혼 같은 것들은 어떻게 수치로 매길 수 있다는 걸까? 아직 익숙하지 않은 내게는 어려울 수 있다고 도선생이 설명해 주었다. 걱정 말라고, 모르는 것들은 미나가 친절히 설명해 줄 거라고 덧붙이면서.

미나는 대부분의 시간을 커다란 책상 앞에서 보냈다. 길쭉한 비커에 담긴 용액은 미나의 손길에 따라 형광으로 끓었다. 미나는 그 용액을 아주 작은 단위까지 나눠 섞은 후 진지한 표정으로 지켜보았다. 그 용액이 어떤 화학반응을 하는지에 따라 미나의 얼굴에 화색이 돋기도 하고, 침울해지기도 했다. 미나가 가장 속상해했을 때는 작은 폭발음을 내며 비커가 산산조각이 난 순간이었다. 금방이라도 울음을 터트릴 것 같은 얼굴로 미나는 깨진 파편을 쓸어 담았다. 도선생이 괜찮다고 말했지만, 미나는 입술을 잘끈 깨물며 고개를 숙였다.

일을 시작한 지 2주가 지났지만, 손님은 아직 한 명도 없었다. 거울을 통해 누군가 걸어 들어올 거라는 기대감도 차츰 사라져 갔다. 나는 용액을 섞는 데 열중하는 미나에게 다가가 슬그머니 물었다.

"원래 이렇게 손님이 없어?"

"좋지 않아? 일 없으면."

미나는 비꼬듯이 말하며 손을 바쁘게 움직였다.

"돈 받고 일하는데 아무것도 안 할 수 없잖아. 가만히 앉아만 있기엔 마음도 불편해. 뭐든 좋으니까 시킬 일 있으면 줘. 네가 하는 일도 괜찮아."

편의점에서도 나는 일을 곧잘 찾아서 하는 편이었다. 점장님은 또래에 비해 드물게 책임감 있다며 좋아하셨다. 부득이한 이유로 그만두지 않았다면, 사실 꽤 나쁘지 않은 알바였다.

"네가 뭘 할 수 있다고 생각하는 거야? 구석에 앉아서 차트나 봐."

미나는 한층 더 퉁명스러운 어조로 대답하고는 비커를 세차게 내려놓았다. 붉은 용액이 책상 위로 방울져 튀었다.

미나는 언제나 나를 싫어하는 티를 숨기지 않았다. 말을 걸 때면 더욱 노골적으로 감정을 드러냈다. 더 물어보는 대신 책장으로 돌아가 차트 더미 앞에 앉았다. 남는 시간에 차트를 봐두라던 도선생의 말이 문득 생각나 차트 몇 개를 꺼내 읽었다.

이름 : 김병인

나이 : 53세

직업 : 아파트 관리소장

증상 : 망막 합병증

영혼의 색 : 추운 겨울, 수심이 깊은 바다의 색

영혼의 무게 : 8.45g

대기업에서 25년을 근무한 후 임원까지 오른다. 은퇴 후 투자 실패로 생활고를 겪으며 소일거리를 찾는다. 아파트에서 관리소장을 맡아 일하지만, 매달 생활비 마련에 어려움을 느낀다. 알고 지내던 사람들과 자연스럽게 관계가 끊기게 된다. 우울증에 걸리고, 매일 밤 잠들기 전 혼자 소주를 마신다. 잘 찾아오지 않는 자녀들에게 신경질을 부린 이후로, 더욱 가족 간 얼굴 보기가 힘들어진다. 자신의 삶에 회의를 가지고, 지금까지 살아온 이유가 의미가 없어졌다는 생각을 한다. 이른 새벽 뒷산에서 자살을 시도한다.

이름 : 박정원

나이 : 15세

직업 : 유학생

증상 : 선택적 원시

영혼의 색 : 그리움을 한 방울 섞은 보랏빛

영혼의 무게 : 11g

엄격한 부모 밑에서 자랐다. 성적에 관하여 부모에게 많은 꾸지람을 받는다. 매일 학원들을 다니며 공부하지만, 부모의 기대만큼 성적을 올릴 수 없다. 중간고사 시험시간에 커닝을 하다가 걸린다. 학교에서 소문이 나며, 수군거림을 견디지 못해 유학을 선택한다. 전혀 다른 환경과 새 학교에 적응하기 힘들어한다.

학교에서 집으로 돌아오는 길에 있는 산책로를 좋아한다. 힘든 일이 있을 때마다 산책로를 몇 번이고 걸으며 눈물을 흘린다. 그런데도 감정을 추스르지 못할 때는 자전거를 타고 차도 쪽으로 일부러 나가곤 한다.

이름 : 오지성

나이 : 29세

직업 : 제빵사

증상 : 비문증

영혼의 색 : 오랜 세월의 흔적을 지닌 영롱한 진주의 색

영혼의 무게 : 2.8g

어린 시절부터 발레리나의 꿈을 갖고 열심히 준비한다. 원하는 학교에 들어가고, 졸업 후에는 국립발레단에 입성하여 여러 차례 해외 공연을 다닌다. 이제 막 눈부신 커리어를 쌓아가려던 때, 부상으로 발레를 그만두게 된다. 그 후, 오랜 시간 방황하다가 베이킹을 시작하지만, 자신의 선택에 회의를 가진다. 동기들이 무대 위에서 멋진 공연을 하는 것을 본 날 밤, 집으로 돌아오

는 길에 수없이 눈물을 쏟는다. 자신의 삶은 더 이상 가망이 없다는 생각이 머릿속을 지배한다. 발레와 고양이를 좋아하고, 실패를 싫어한다. 정신과 치료를 받고 있지만, 약을 먹지 않고 모아두기만 한다. 지금까지 모아둔 수면제의 양이 90알이다.

읽고 있던 차트를 덮은 후 다시 책장에 꽂아 넣었다. 다양한 사람들이 차트에 적혀있었다. 나이, 직업, 환경, 어느 하나도 공통점이 없었다. 이 사람들은 어떻게 여기까지 찾아오게 된 걸까.

까-악- 까-악-

까마귀가 거울 속에서 휘이 날아올랐다. 검은 눈의 까마귀는 발톱으로 종이 뭉치를 쥐고 있었다. 책상 앞에 앉아 조용히 책을 읽어 내려가던 도선생이 혼잣말처럼 중얼거렸다.

"손님을 물고 왔구나."

그 말이 끝나기도 전에 거울에 달린 은종이 흔들렸다. 단발머리의 젊은 여자가 거울 속에서 걸어 나왔다. 검은 원피스 차림의 여자는 비를 맞았는지 흠뻑 젖어있었다. 낮은 단화에 묻은 진흙이 깨끗한 카펫 위로 덩어리져 떨어져 내렸다.

오렌지색 광채가 여자의 노곤한 표정을 비춰주었다. 여자는 푹 파인 눈가를 손으로 쓱 훔치고 안과를 둘러보았다. 붉게 충혈된 눈이었다.

나는 여자를 꼼꼼히 살펴보았다. 안과에서 맞는 첫 번째 손님이었다. 어떤 사람일지 호기심이 일었지만, 여자의 텅 빈 눈빛에 함부로 끼어들 수 없었다.

"여기가… 어디죠?"

말을 더듬듯 여자가 물었다. 막 꿈에서 깨어난 사람처럼 비현실적인 목소리였다. 도선생이 소파 쪽으로 손짓했다.

"안과예요. 비에 젖었는데 따뜻한 차를 마시고 계세요. 차트를 적은 후에 치료를 시작하죠."

나는 흠칫 고개를 들어 도선생을 바라보았다. 눈이 마주친 도선생이 턱 끝으로 난로 앞 소파를 가리켰다. 당황한 내가 우물쭈물하자 미나가 여자를 소파로 안내한 뒤 따뜻한 차를 내주었다. 붉은 꽃잎이 들어간 차는 마음의 긴장을 풀어주는 효과를 지녔다. 싱그러운 차 향기를 맡으며 여자가 난롯가에 앉았다.

나는 서랍장으로 가 차트를 꺼냈다. 막상 손님이 오니 긴장되었다. 미나는 자리로 돌아가 실험에 열중했고, 도선생도 읽던 책으로 도로 시선을 돌렸다.

탁자를 두고 마주 앉은 나는 여자에게 미소를 지어주었다. 화답하듯 여자도 입가에 미세한 웃음을 내비쳤다. 능숙해 보이기 위해 애썼지만, 긴장감에 자꾸만 손에 땀이 어렸다.

"안녕하세요. 진료에 앞서 차트를 적어야 해서요. 간단한 걸

물어볼 거예요. 편하게 대답하시면 돼요."

"네."

여자는 차를 홀짝이며 마셨다. 등을 바르게 펴고 앉은 여자의 태도에 나도 굽었던 등을 바로 펴며 물었다.

"먼저… 가장 최초의 기억은 뭔가요? 본인이 기억하는 가장 어린 시절의 기억이요."

"네?"

여자는 눈을 깜빡이며 되물었다. 이해할 수 없다는 표정이었다.

"여긴 안과가 아닌가요? 이 질문과 눈 치료가 무슨 상관이 있죠?"

"아… 진료를 보기 위해 꼭 필요한 과정이라서요. 지금까지 내원한 환자분들도 다 거쳤어요."

당황한 내가 말을 늘어놓았지만, 여자는 인상을 찡그렸다. 차트가 치료에 어떻게 도움이 되는지 사실은 나도 잘 알지 못했다. 도움을 요청하는 눈길로 미나를 바라보았지만, 미나는 모른 척 연구에만 몰두할 뿐이었다. 난감한 마음에 시선을 초조하게 움직이는데, 갑자기 도선생이 했던 말이 떠올랐다.

"아, 잠시만요."

다급히 일어나 선반으로 가 촛대를 가져왔다. 파란 원석이 박힌 황금빛 촛대에 크림색 초가 놓여있었다. 성냥을 켜 심지에 불을 붙이자, 촛불이 일렁이며 타오르기 시작했다.

나는 여자의 안색을 살폈다. 사실 시작하기 전에 켜두어야 했다. 그것은 가장 중요한 첫 번째 메뉴얼이었다. 누구나 이곳에서는 자신의 내면을 드러낼 수 있다. 도선생이 당부했던 매뉴얼에 따르면, 이 향기를 마신 후 여자는 나긋하게 자신의 이야기를 털어놓을 수 있을 것이다.

이렇게 중요한 걸 잊고 있었다니. 미나를 흘긋 바라보았다. 분명 알고 있었으면서 눈짓 한번 주지 않았다. 어쩐지 입꼬리가 조금 올라간 것 같아 분한 마음이 들었다.

촛불은 황홀한 춤을 추듯 부드럽게 솟아올랐다. 여자의 시선이 금세 타오르는 불길에 집중되었다. 경계하던 여자의 눈빛이 차츰 부드러워졌다.

초에 붙은 불씨가 점차 높아졌다. 주황빛이던 불길에 희미한 푸른빛이 어리더니, 녹색과 보랏빛을 넘나들었다. 찬찬히 퍼지는 향은 한 번도 맡아본 적 없는 냄새였다. 어린 시절을 떠올리게 만드는, 마음속 깊은 공간을 건드리는 향이었다. 나도 모르게 넋을 잃고 하염없이 그 불길을 바라볼 뻔했다.

힘겹게 촛불에서 시선을 떼어낸 나는 여자의 공허한 눈빛을 마주 보았다. 갈빛의 눈동자 안에 촛불이 휘청이며 타올랐다.

그 불길을 향해 말했다.

"이제 들려주세요. 촛불처럼 피어오르는 당신의 인생을."

　여자는 아름다웠다. 검은 머리카락은 어깨 너머로 구불구불 풍성하게 내려왔고, 희고 작은 얼굴 안에 이목구비가 오밀조밀 자리 잡고 있었다. 날씬한 체형에 피부도 무척 매끄러워 보였다. 선하고 친절한 인상은 모두에게 호감을 주었다. 학창 시절에는 친구들에게 인기가 많았고, 대학에 가서는 과에서 제일 예쁜 사람이라는 호칭을 받았다. 대학 졸업 후 회사에서도 여자는 예쁘다는 소리를 매번 들었다. 자신이 예쁘다는 사실을 여자는 잘 알고 있었다.

　그런데 사회생활을 오래 할수록, 여자의 몸무게도 시간과 비례해서 늘어났다. 앉아서 오래 일하는 여자는 스트레스 때문에 단 군것질거리들을 입에 달고 살았다. 상사에게 지적받을 때, 일이 잘 풀리지 않을 때, 동료와 다툼이 생길 때마다 여자는 데스크 세 번째 서랍에 들어있는 간식으로 입을 달랬다. 사탕, 초콜릿, 쿠키, 과자, 젤리 등 종류도 다양했다. 집에 갈 때마다 여자는 편의점에 들러 먹을 것들을 풍족하게 사 갔다. 집에 도착하면 혼자 맥주를 마시며 간식을 펼쳐놓고 드라마를 봤다. 여자가 행복할 수 있는 유일한 시간이었다.

드라마 속 주인공들은 항상 아름다웠다. 언제나 인생의 황금기를 살아가는 사람들처럼 가장 예쁘고 건강해 보였다. 드라마를 볼 때마다 여자는 자신의 모습과 드라마 속 주인공의 모습을 비교했다. 그리고 생각했다. 내게도 저렇게 빛나던 시절이 있었다고. 여자의 예뻤던 시절과 비교하면, 드라마 속 주인공은 평범한 것 같았다. 여자는 거울 앞에 서서 자신의 모습을 꼼꼼히 들여다보았다.

그 순간부터 살이 찐 허벅지는 질긴 가죽처럼 축 처져 보였다. 팔뚝에 붙은 살이 흐늘거리고, 얼굴이 부어서 눈이 상대적으로 작아 보였다. 찰랑거리던 머릿결도 상해서 뚝 잘라버린 지 오래였다. 이제 여자에게 남은 건 대충 흘러 넘긴 단발과 늘어난 몸무게뿐이었다. 여자는 거울을 부숴버리고 싶었다.

그날부터 여자는 다이어트를 시작했다. 하루 종일 물만 마시고 아무것도 먹지 않았다. 회사에서 회식하는 자리에서는 술만 몇 모금 마시고 음식에 손도 대지 않았다. 밥을 안 먹냐고 물을 때마다 여자는 배가 부르다고 말하며 얼른 자리를 피했다. 그렇게 여자의 몸무게가 예전처럼 돌아오는 듯싶었다.

학생 때 입은 옷이 다시 딱 맞았다. 몸무게도 가장 말랐을 때만큼 돌아왔다. 2주 가까이 거의 굶다시피 한 결과였다. 여자는 거울에 비친 자신의 모습에 기뻐하며 이 몸을 유지해야겠다고 다짐했다.

여자의 혹독한 다이어트는 계속되었다. 여자는 밥을 먹지 않는 대신 과일을 먹었다. 배고플 때마다 음료수를 마시고, 다이어트 식품을 섭취하며 배고픔을 견뎌냈다. 뚱뚱했던 예전으로 돌아갈 수 없었던 여자는 매일 아침 몸무게를 재고, 하루의 식사량을 정했다. 대부분 끼니조차 되지 못하는 음식뿐이었지만, 그런 생활을 여자는 지속했다.

훅, 여자가 촛불을 불어 껐다. 여자의 눈 안에서 타오르던 불길이 사그라들었다. 나는 나른해진 기분을 털어내며 일어나 수납장으로 걸어갔다. 은빛 저울을 가져와 탁자 위에 올려놓았다. 그러고는 핀셋을 꺼내 초에 떨어진 재를 한 톨씩 주워 담았다.

"뭐 하는 거예요?"

"영혼의 무게를 측정해야 해서요."

나는 저울의 숫자판이 내 쪽을 향하도록 방향을 돌렸다. 마지막 한 톨까지 저울 위에 올리자, 저울의 침이 조금 움직였다. 나는 저울의 침이 가리키는 아라비안 숫자를 읽었다. 여자의 영혼의 무게는 단 2그램이었다. 자신의 바람을 위해서 죽도록 애쓴 영혼값이 고작 2그램이라니. 문득 불공평하다는 생각이 들었다. 애초에 이런 장난감 같은 것으로 영혼의 무게를 측정할 수 있을까? 가만히 생각에 빠져있는데, 미나가 걸어가 문을 두드렸다.

잠시 후 안경을 쓴 도선생이 걸어와 내게서 차트를 받았다. 빠르게 훑었을 뿐인데도 내용을 완벽히 파악한 듯했다.

"처음치고는 잘했어. 이렇게 하면 돼."

내게 다정히 웃어준 후 도선생이 의자에 앉았다. 붉은 솔이 걸린 나무 의자는 도선생의 체형에 딱 맞았다. 내가 적은 문장들을 깃털 펜으로 죽 그은 뒤, 빠르게 무언가를 적어 내려가기 시작했다.

난롯가의 불길이 타닥타닥 소리 내며 타올랐다. 여자는 두 손을 모은 채 조용히 기다렸다. 처음 왔을 때보다 한결 편안해진 얼굴이었다.

"그런대로 열심히 살았군요, 당신."

도선생의 첫마디에 여자는 움찔거렸다.

"눈 증상이 어떻죠?"

도선생의 말에, 여자는 이곳에 온 이유를 떠올린 표정을 지었다.

"아, 오랫동안 눈이 침침했어요. 그러다 며칠 전부터는 가끔씩 눈앞이 캄캄해지더라고요."

도선생이 안경을 벗은 후 탁자 위에 내려놓았다. 푹 파인 도선생의 눈가가 난로 빛에 붉게 그늘졌다.

"노래하는 호수의 거울."

밤의 호수처럼 잔잔한 목소리로 도선생이 말했다. 미나가 거울이 걸린 벽 앞으로 걸어갔다. 비치된 사다리를 옮겨 천장 가까이 올라갔다. 미나가 손을 뻗은 거울은 제일 위쪽에 위치했다. 도선생은 미나가 전해준 거울을 여러 각도로 기울여 여자에게 비추어 보았다.

도선생의 손에 들린 거울을 조심스럽게 살펴보았다. 호수를 떠올리게 만드는 청아한 푸른빛 테를 두른 거울이었다. 타원형 거울의 윗부분에 고풍스러운 컵 모양의 장식이 달려있었다. 거울의 표면은 오래돼서인지 희미하게 바랬다. 사물을 제대로 비출 수도 없을 것 같았다.

부드러운 미소를 지으며 도선생이 여자를 향해 가까이 오라는 손짓을 했다. 멈칫거리던 여자가 도선생 쪽으로 몸을 숙였다. 도선생이 왼손으로 여자의 턱을 당겨 위쪽을 향하게 두었다. 여자가 당황했지만, 도선생은 자연스럽게 여자의 머리카락을 정리하듯 쓸어 넘겼다. 그러고는 흔들리는 여자의 눈동자를 향해 거울을 갖다 댔다.

번쩍-

번개가 치는 것 같았다. 순식간에 암흑이 되었다. 나는 주위를 둘러보았다. 아무것도 보이지 않았다. 손을 더듬어 촛불을 찾으려는데 주변이 서서히 밝아졌다.

처음에는 미나가 초를 켰으리라 생각했다. 하지만 아니었다. 달이었다. 커다란 반달이 눈앞에 찬란히 떠있었다. 나는 입을 벌린 채 눈앞의 빛을 바라보았다. 눈부시게 새하얀 달. 잉크가 번지듯 새겨진 검정 얼룩. 독처럼 뿜어져 나오는 서늘한 냉기. 양손을 꽉 쥔 채 할 말을 잃었다.

달 앞에 선 도선생은 진지한 얼굴로 달을 꼼꼼히 살펴보았다. 달의 푸르스름한 표면에 손을 댔다 떼더니, 뒤돌아 여자를 보았다. 싱긋 웃었지만, 눈빛만은 날카로웠다.

"이 달이 당신의 마음이죠. 보세요."

시적인 표현인 걸까? 천장에 떠오른 달은 그믐달의 모습이었다. 이미 많은 부분이 검게 사라진 달을 여자가 올려다보았다.

"조금만 늦었어도 큰일 날 뻔했어요. 안과는 여기가 첫 방문인가요? 힘들었을 텐데 지금까지 왜 참기만 한 거죠? 본인의 증상을 모르지 않았을 텐데."

"안과에 갈 시간이 없었어요."

여자는 잠시 후 말을 덧붙였다.

"…마음의 여유가 없었어요."

"당신의 감정은, 물에 젖은 황혼의 빛깔이군요."

도선생이 내 쪽을 흘긋 보며 중얼거렸다. 나는 그제야 감정의 색깔을 적지 못한 것을 알아차렸다. 촛불이 탈 때의 색을 적어

됐어야 했는데, 워낙 색이 수시로 변하는 까닭에 하나의 색으로 판별하기 어려웠다. 물에 젖은 황혼의 빛깔이라니. 아름답고 처연한 색이었다. 나는 절대 그런 표현은 쓰지 못했을 것이다.

"그게 무슨 뜻이죠?"

"당신의 달에 피어오른 색이요. 즉 당신의 감정의 색이죠. 마음엔 수많은 감정이 들어가 있는데, 이렇게 푹 파인 골짜기 같은 곳엔 그 감정이 고여서 다양한 빛깔을 띠기도 하거든요."

도선생은 손끝으로 달의 표면을 가리켰다. 정말 그의 말대로 표면이 파여있었다. 도선생이 거울에 달린 컵을 떼어내 그 부분 가까이 댔다. 즙을 짜내듯 희뿌연한 액체가 컵 안으로 흘러 들어갔다.

"처음 때가 낀 건 회사를 다녔을 때였네요. 그때부터 살이 급격하게 찌게 되었죠."

도선생은 돋보기를 손에 들고 달 가까이 대어 세밀히 살펴보았다. 마치 돋보기 너머 모든 것이 다 보인다는 것처럼, 여자에 대해 속속들이 아는 것만 같았다. 나는 침을 꿀꺽 삼키며 조용히 지켜보았다.

"지금의 몸을 얻기 위해 많은 노력을 했군요."

여자는 고개를 끄덕였다.

"제가 예뻤을 때와 그렇지 않을 때 사람들의 시선이 얼마나 다른지 아니까요. 저는 그대로인데, 주변에서는 저를 완전히 다른 사람으로 봤어요. 뚱뚱할 때는 무시하다가, 그렇지 않을 때는 친절해졌죠. 마치 신분이 변하기라도 한 것처럼요. 그 사실을 알게 된 이상 노력을 할 수밖에 없었어요."

미나는 준비해 둔 그릇을 가져가 도선생에게 주었다. 그 그릇 안에는 미나가 미리 빻아놓은 여러 종류의 꽃과 풀들이 섞여있었다. 도선생이 널따란 책상 위에 놓인 용액을 그릇 안에 뿌렸다. 그러고는 손절구를 사용해 내용물을 꼼꼼히 짓이겼다.

"계속 말해주세요."

"무엇보다도 제 외모가 가장 중요했어요. 그래서 회사도 그만두고 외모를 가꾸는 데 시간을 쏟았죠. 예뻐지는 것 자체가 저의 꿈이 되어버린 거예요. 하지만 살을 빼도 만족할 수 없었어요. 자꾸만 다른 사람들이 더 예뻐 보였어요. 비교를 하면 할수록 저보다 나은 사람들이 보였어요. 그 사람들보다 더 예뻐지고 싶었어요. 더 마르고, 더 예뻐질수록 제가 더 많은 사랑을 받을 수 있을 거라고 생각했어요."

"그게 당신의 족쇄가 되었군요."

"요즘에는 제 몸이 노화하는 게 생생하게 느껴져요. 주름이 생기고, 살이 더 쉽게 찌는 체질로 바뀌었죠. 이러다 예전처럼 돌아가면… 저는 무가치할 거예요."

말을 마친 후 여자가 고개를 푹 숙였다. 잠시 침묵이 흘렀다. 그릇에 든 걸쭉한 액체를 도선생이 달을 향해 끼얹었다. 안개처럼 희미한 막이 달 위에 생겨났다. 거미줄처럼 끈끈한 불투명 막이 달을 은은하게 덮었다. 마치 흰 옷을 입은 천사처럼 환했다. 그러고는 흰 천을 반듯하게 접어 가장자리부터 닦아나가기 시작했다.

미나는 도선생에게 여러 색의 액체가 담긴 용기들을 가져다주었다. 도선생이 각각 액체를 하나씩 열어 냄새를 맡아본 후 달의 부분마다 다르게 묻혔다. 먼저 분홍색 용액으로 달을 닦아낸 도선생이 노란색 용액을 꺼내 냄새를 맡아보았다. 상큼한 허브 향이 풍기는 노란 용액을 천에 묻힌 후 달을 계속해서 닦아나갔다. 알록달록한 용액들로 젖은 천이 여러 빛깔로 물들었다.

"뭐 하는 거야?"

"마음을 닦는 거야. 때를 씻어내면 다시 깨끗해지지."

내가 소곤거리며 묻자, 미나는 도선생에게서 눈길을 떼지 않은 채 대답했다. 달은 점차 원형의 모습을 찾아가고 있었다. 나는 입을 벌린 채 그 모습을 지켜보았다. 검게 가려졌던 부분이 찬란하도록 하얗게 채워졌다. 달을 닦아내는 도선생은 흡사 종교의식을 행하는 수도승 같았다. 초월적인 반복행위를 통해 경지에 이른 고결한 존재처럼.

"솔직하게 말해준 덕분에 수월했어요. 어느 부분을 닦아내야 하는지 구별하기 쉬웠거든요."

도선생은 손등으로 이마를 훔치며 땀을 닦아냈다.

"아직 더 닦아야 하는 거 아닌가요?"

의심쩍은 얼굴로 여자가 물었다. 달에 미세하게 남은 얼룩을 걱정하는 듯했다.

"아, 완전히 새것처럼 만들 수는 있지만, 당신만 힘들 거예요. 살아가는 데는 약간의 어둠도 필요하거든요."

수술을 마친 의사처럼 도선생은 흰 가운을 휘릭 쓸어내렸다.

"이제 값을 얘기해 볼까요?"

미나가 다시 조명을 켰다. 언제 그랬냐는 듯 천장에 떠오른 달이 스르르 모습을 감추었다. 천장에 수 놓인 별빛도 함께 사그라들었다. 여자가 고개를 끄덕였다. 한결 편안해진 표정으로.

* * *

여자의 얼굴이 창백했다. 온몸에 있는 피가 빠져나간 것처럼 푸른빛을 띠는 것 같았다.

"저의…"

"당신이 해낸 다이어트."

도선생의 목소리가 칼처럼 허공을 갈랐다.

"당신이 지금까지 다이어트를 위해 한 모든 노력과 결과를 원합니다."

"어떻게 그런 요구를 할 수 있죠? 제가 얼마나 노력해 왔는지 알잖아요!"

"당신의 소중한 눈을 고친 대가니까."

몸을 움츠리듯 여자는 왼손으로 오른팔을 부여잡았다.

"그럴 수는 없어요. 다른 걸 드릴게요. 이 몸을 다시 만들기 위해 저는 죽도록 노력했어요. 이것만큼은 잃을 수 없어요."

"당신에게 그것보다 더 가치 있는 건 뭐죠?"

도선생의 질문에 여자는 쉽게 말을 잇지 못했다.

"아마 없을 테죠. 그래서 내가 원하는 거고."

"농담하시는 거죠?"

여자가 내지른 목소리는 올라가다가 힘없이 툭 떨어지는 듯했다.

"치료 비용을 알려드린 것뿐입니다."

"하."

여자는 좌절한 표정을 지었다.

"말씀드렸잖아요. 절대 포기할 수 없어요!"

여자의 눈빛이 소름 끼치게 변했다. 이제까지 이야기를 늘어놓던 것과는 완전히 다른 목소리였다. 쇠처럼 공명하는 그 소리에 나는 도선생의 눈치를 보았다. 도선생을 쏘아보던 여자가 목소리를 높여 떠들기 시작했다.

"밥을 먹고 싶을 때마다 냄새만 맡았어요. 굶기 힘들 때마다 울면서 버텼고요. 기운을 잃고 쓰러져 응급실에 실려 간 적도 있었어요. 그렇게 만들어 낸 몸이에요."

여자가 눈물을 글썽이며 말을 이었다.

"남들처럼 먹고 싶을 때, 놀고 싶을 때, 참아가면서 쌓아온 제 노력이라고요. 그걸 허무하게 줄 수는 없어요."

"물론 거절할 수도 있습니다."

도선생이 말하는 거절이란 무얼 의미하는 걸까. 이미 치료까지 다 받은 마당에. 나는 초조한 마음으로 앞에 선 도선생의 널찍한 등을 올려다보았다.

"다른 걸 드릴게요."

여자가 어색하게 미소 지었다.

"그럴 수는 없습니다."

도선생은 물러서지 않았다.

"그럴 수는 없어요… 절대로!"

말을 끝냄과 동시에 여자는 뒤돌아 까마귀를 향해 뛰었다. 까마귀의 발톱에 붙들린 종이더미를 순식간에 낚아채더니 곧바로 금박의 거울을 향해 몸을 던졌다.

까-악- 까-악-

까마귀가 펄쩍 날아오르며 비명을 지르듯 울어댔다. 거울이 번쩍이며 여자가 모습을 감추었다. 거울 주변을 맴돌며 거칠게 날갯짓하는 까마귀에서 검은 깃털이 후드득 떨어져 내렸다.

"쫓아가지 마."

사라를 향해 도선생이 건조한 목소리로 말했다. 도선생의 말에 날갯짓하던 사라는 고분고분 거울 위로 내려앉았다.

"…이대로 보내시는 거예요?"

"내버려 둬."

어수선했던 분위기가 도선생의 말 한마디에 정리되었다. 도선생은 앞치마를 벗어 의자에 걸었다. 뻐근한 듯 손바닥으로 어깨를 만지더니 천천히 서재로 들어가 버렸다. 심기가 불편해 보였지만 아무런 말도 하지 않았다.

"눈이 멀게 될 거야."

잠시 후 미나가 입을 열었다. 무시무시한 말을 하면서도 표정 하나 변하지 않았다. 내가 이해 못 하는 표정을 짓자, 미나가 덧붙였다.

"방금 그 여자 말이야. 값을 지불하지 않으면 치료 전으로 원상 복귀될 테니까."

"눈이 멀 정도로 심각한 거야?"

미나는 고개를 끄덕였다.

"지금까지 버틴 게 용하다고 했잖아? 도선생은 거짓말하지 않아."

"다시 올까?"

나는 붉게 상기된 여자의 얼굴을 떠올리며 물었다.

"글쎄."

생각하는 표정을 짓던 미나는 이내 고개를 저었다.

"다시 와도 결과는 같을 거야. 끝까지 놓을 수 없을 테니."

미나는 바닥에 떨어진 거울을 들어 벽에 걸었다.

"익숙해지는 게 좋을 거야. 이런 일은 흔하니까."

흔하다니. 치료해 준 환자가 값을 지불하지 않고 도망가는 일을 말하는 걸까. 미나가 말한 흔하다는 뜻을 물어보고 싶었지만, 왠지 그럴 수 없었다.

"인간이 어떻게 이해하겠어."

미나가 긴 한숨을 내쉬었다. 마치 자신은 인간이 아니라는 듯한 어조로. 여자의 침체된 표정이 자꾸만 머릿속에 맴돌았다. 여자는 일을 그만둘 정도로 몸에 집착했다. 예뻐지는 것만이 자신의 꿈이라고 말했다. 다른 무엇보다도 그 꿈이 중요했던 걸까? 꿈이라는 걸 가져본 적 없는 나로서는 이해하기 힘든 상황이었다.

장밋빛으로 뒤덮인 반짝반짝한 꿈은 혜지 같은 아이만 가질 수 있다. 평범하게 연예인을 좋아하고, 자신의 꿈에 돈을 투자할 수 있는 아이. 내게 꿈같은 건 없다. 당연했다. 당장 용돈부터 벌어 쓰는 형편에 그런 건 생각만으로도 사치였으니까. 언젠가 혜지가 내게 꿈이 뭐냐고 물어봤을 때, 나는 적당히 웃으며 되물었다.

그러면 넌 꿈이 뭔데? 그때 혜지는 엔터테인먼트 회사에 들어가서 좋아하는 연예인을 실컷 보고 싶다고 말했다. 나는 조금의 불편한 마음을 숨긴 채 웃으며 고개를 끄덕여 주었다. 좋아하는 연예인에 자신의 미래를 결정해 버리는 순수한 마음이 당황스러울 정도로 신기했다. 정말 새삼스럽게도.

그 시절 나는 매일 다짐했다. 늦은 밤 지친 몸을 끌고 들어와 겨우 잠드는 엄마를 볼 때마다. 하루 매출이 얼마인지 계산하며 한숨을 푹 내쉬는 공허한 눈동자를 마주할 때마다. 빚만 늘어가고, 건물주의 눈치를 보며, 이번 달만 월세 납부일을 미뤄달라고 사정하는 인생을 직접 겪을 때마다.

엄마의 어렸을 적 꿈은 헌책방을 운영하는 것이었고, 엄마는 꿈을 이룬 사람이었다. 그런데도 엄마의 꿈은 엄마를 병들게 했다. 엄마는 서서히 아파갔다. 몸도 마음도 무너지는 것이 표정으로 드러났다. 꿈은 엄마를 잡아먹었다. 내가 곁에서 본 엄마는 그랬다. 아빠의 경우도 다르지 않았다. 엄마아빠처럼은 살기 싫었다. 나는 다르게 살아야만 했다. 그러니 내가 무얼 하고 싶은지 생각해 본 적도, 그럴 여유를 가져본 적도 없었다.

미나는 카펫 위에 떨어진 진흙을 걸레로 훔쳤다. 쉽게 지워지지 않는지 희미한 갈색 무늬를 끈기 있게 박박 문질렀다. 물끄러미 지켜보던 나는 미나에게 다가가 물었다.

"사람들은 여기에 어떻게 오게 되는 거야?"

"그들이 죽음의 문턱 앞에 섰을 때, 새소년이 찾아가."

새소년? 고개를 갸웃거리는 나를 향해 미나가 나직이 말을 이었다.

"기회를 주기 위해서지. 새소년이 그들에게 설명해. 당신의 가장 내밀한 욕망을 포기해야 할 수도 있다. 그럼에도 치료받을 수 있는 기회를 잡겠냐고. 그들이 동의하면, 사라가 이곳으로 길을 안내해."

"그럼, 죽기 직전의 사람들은 모두 이곳에 오게 되는 거야?"

"아니."

미나는 걸레질을 하며 말을 이었다.

"죽기 전, 사랑하는 사람들을 떠올린 사람들에게만 새소년이 찾아가."

문득 생각나는 사람이 있었다. 아빠도 이곳에 왔을까? 물어보고 싶었지만, 쉽게 입술이 떨어지지 않았다. 망설이던 나는 다른 질문을 던졌다.

"그런데, 새소년이 누구야?"

"곧 만나게 될 거야."

미나가 가볍게 대답했다. 카펫에 묻은 갈색 자국이 조금 옅어졌지만, 완전히 지워질 수는 없을 것 같았다. 포기했는지 미나는 걸레질을 멈추고 카펫을 노려보았다. 여자가 흘리고 간, 옅어진 자국이 존재감을 조용히 드러냈다. 미나의 시선을 따라 나도 자국을 가만히 내려다보았다.

그건 빛바랜 갈색이었다. 엄마의 눈동자처럼.

3. 그림

오늘따라 미나는 유난히 들떠 보였다. 나는 의자에 앉아 미나의 손에 부산히 움직이는 그릇들을 바라보았다. 이미 청소를 끝낸 미나는 가만히 있지 못하고 계속해서 몸을 움직였다. 한층 경쾌해진 목소리가 밝았다.

"새소년이 올 거야."

"새소년?"

"새처럼 자유롭게 가게들을 돌아다니며 물건을 파는 상인이야. 때로는 안내자 역할을 하기도 하지."

의아함을 품은 내 얼굴을 향해 도선생이 설명해 주었다. 도선생은 책상 앞에 앉아 수두룩 펼쳐진 책들을 진지한 얼굴로 들여다보고 있었다. 알 수 없는 언어들이 가득한 책들을 도선생은 늘 흐트러짐 없이 읽었다. 코에 얹은 안경을 올리며 열중한 표정이었다.

은종이 울렸다. 풀내음을 실은 선선한 바람이 내려앉았다. 거울이 빠르게 번쩍이더니, 남자애 하나가 호기롭게 걸어 나왔다. 반짝이는 피부에 갈색 머리카락이 그림처럼 어울리는 아이였다. 윗단추를 푼 흰 와이셔츠에 푸른 정장을 입고 있었다. 소매에 달린 하얀 보석이 눈에 띄었다. 실은 존재 자체가 눈에 띄는 아이였다. 나를 발견하고는 씩 웃는 얼굴이 노련해 보였다. 아마 미나가 말한 새소년 같았다.

"오랜만이라 그런지 공기가 바뀌었네요. 사람도 새로 생기고."

도선생을 향해 떨어진 목소리는 매력적인 중저음이었다.

"시간을 정확히 맞췄군."

"전 약속을 잘 지키니까요."

새소년은 작은 보자기 꾸러미를 주머니 속에서 꺼내들었다. 황금빛 실로 짜낸 아담한 보따리였다. 마주친 갈색 눈동자가 휘어지며 웃었다.

"보름달 안과에 새 사람이라니, 도대체 도선생에게 무슨 바람이 분 거죠?"

"아르바이트생이 필요했을 뿐이야."

읽고 있던 책을 내리며 도선생이 대답했다. 새소년은 싱글벙

글 웃으며 나를 향해 한 걸음 다가왔다.

"미나 양으로는 부족한 건가요? 미나 양이 불안해지겠는데요."

"겨우 저런 애 하나 때문에 흔들릴 정도로 나약하진 않아요."

미나는 뾰로통한 얼굴로 받아쳤다. 새소년이 나를 빤히 들여다보더니, 손을 건네며 악수를 청했다. 나는 머뭇거리다가 손을 맞잡았다. 기분 좋은 봄바람의 향이 새소년에게서 퍼졌다. 새소년은 손을 부드럽게 흔들며 속삭였다.

"내 이름은 린이야. 앞으로 잘 부탁해."

무얼 부탁한다는 말인지는 알 수 없었지만, 새소년이 나를 포함해 미나와 도선생 모두를 몹시 친근한 태도로 대한다는 것만은 확실했다.

"오늘은 어떤 물건을 가져왔지?"

"제가 보통 물건을 가져왔겠어요? 믿어보세요."

린은 손바닥만 한 보따리 안으로 손을 넣었다. 무엇이 들어있는지 손을 휘저을 때마다 철제가 부딪치는 소리가 요란히 울렸다. 옆에 선 미나가 흥분을 감추지 못한 채 눈을 반짝였다.

린이 다시 손을 빼냈을 때, 그의 손 위에 형광색 개구리가 올려져 있었다. 빨간 점이 박힌 개구리가 린의 손에서 폴짝 뛰어오르며 혓바닥을 내밀었다. 안과 안을 마구 뛰어다니는 개구리가 뛰어오를 때마다 딸꾹 소리가 났다.

"아, 이게 아닌데. 잘못 가져왔네!"

린이 개구리를 향해 보따리의 입구를 펼쳐내자, 개구리가 보따리 속으로 빨려 들어갔다. 린은 곧바로 보따리 속에 다시 손을 넣고 휘저었다.

작은 보따리 안에서 다양한 물건들이 마법처럼 나왔다. 미리 깔아놓은 천 위에 린이 물건들을 하나씩 펼쳐냈다. 식물 줄기가 들어있는 투명하고 붉은 병, 은빛의 찻주전자, 은하수를 잘라놓은 듯 고귀해 보이는 보라색 비단, 그리고 흰 천이 덮인 액자까지. 나는 이 물건들이 어떤 가능성을 갖고 있는지 궁금했다.

"설명을 해주지."

물건들을 바라보는 도선생의 눈빛이 신중했다. 린은 싱긋 웃은 후 대답했다.

"먼저 미나 양이 부탁한 약초를 가져왔어요. 그림자의 상처조차 낫게 하는 위대한 약초죠. 동쪽에 위치한 신비한 섬에서만 자라는 식물인데, 그 섬을 찾아가느라 정말 힘들었다고요. 일 년에 한 번뿐인 배를 타고 멀미를 참으며 섬에 도착하면, 그곳에서 또 쉽게 발견할 수 없는 상점까지 찾아가서 그 주인에게…"

린은 끔찍한 얼굴로 고개를 절레절레 흔들었다.

"그만한 대가를 지불하셔야 할 거예요."

미나는 약초가 들어있는 붉은 병을 집어 들었다. 새소년이 미나 쪽으로 몸을 숙이며 속삭였다.

"바사의 약국에서도 아직 구하지 못한 거라고. 특별히 네게 먼저 보여주는 거야."

미나는 금방이라도 린을 껴안을 기세였다.

"다음은 뭐지?"

팔짱을 낀 도선생은 평온한 목소리로 물었다. 미소를 지은 것으로 보아 만족스러워 보였다. 린이 가져온 약초가 마음에 든 것인지, 미나가 기뻐하는 모습이 기분 좋은 것인지는 알 수 없었지만.

"이번에야말로 도선생이 좋아할 만한 것이죠."

린은 은빛의 찻주전자를 두 손으로 조심스럽게 들었다.

"이 찻주전자는 인어의 비늘을 모아 조각내 만든 거예요. 빛을 비추어 보면 각도에 따라 다르게 반사하며 영롱히 빛나죠. 이 주전자 안에 따르는 액체는 뭐든지 인어의 눈물로 변해요. 그 눈물을 마시면 어떠한 비극적인 사랑도 영원한 관계로 이어진다는 전설 아시죠?"

"나는 인간의 연애 감정에는 관심이 없어. 너무 유약하잖아, 다치기도 쉽고."

"꼭 사랑하는 상대에게만 사용할 수 있는 것은 아니에요. 누구든 영원히 속박하기를 원할 때도, 이걸 사용할 수 있어요."

너무 잔인한 말이었다. 내 의지와는 상관없이 상대에게 속박된다니. 그런 식으로 관계를 지속한다면, 상대도 나도 불행해질 것 같았다.

"상대도 본인도 불행해지는 길이군."

내 생각을 읽은 것처럼 도선생이 중얼거렸다. 린은 여전히 입가에 미소를 머금고 있었지만, 생각에 잠긴 표정이었다. 곧 표정을 풀고 찻주전자를 내려놓았다. 린이 새로 꺼낸 물건은 여러 색으로 묶어 만든 보자기였다. 꽃이 새겨진 보자기는 얇고 부드러워 보였다.

"이건, 여우의 털을 꼬아 만든 보자기예요. 이걸 이용하면 미래를 살짝 엿볼 수 있어요. 예언의 능력을 품었기 때문이죠."

"자신의 미래를 아는 것만큼 큰 불행도 없어."

도선생이 담담히 대꾸했다. 린은 들고 있던 보자기도 내려놓은 후 신중하게 생각에 잠겼다. 잠시 후, 린이 그림에 덮인 흰 천을 내렸다.

"이 그림은 마음에 드실 거예요."

그림을 본 순간, 나는 비명을 지를 뻔했다. 심장이 빠르게 뛰었다. 린의 설명이 하나도 귀에 들어오지 않았다. 오직 그림만이 시선을 잡아 끌 뿐이었다. 나는 떨리는 시선으로 그림을 내려다보았다.

안개가 낀 듯 모호한 선으로 수천 겹은 칠해진 검은 숲과 나무들. 그 사이를 비추는 여린 보름달. 푸드득 날아가는 검푸른 새. 이 그림을 그리는 화가의 뒷모습이 머릿속에 선명히 그려졌다. 그는 물감을 섞는 데만 오랜 시간을 들였다. 신중히 완성된 색을 캔버스 위에 칠하고, 또 그 위에 덧바르는 작업만 수년을 지속했다. 붓질을 한번 하는 것조차 얼마나 고심했던지. 이 그림을 그릴 때마다 그는 마치 다른 세계로 떠나있는 것 같았다. 아무도 넘나들 수 없는, 오롯이 혼자만의 어딘가로. 마치 실재하는 장소를 되살려 내는 것처럼.

그대로 멈춰선 채 나는 그림을 말없이 내려다보았다. 오랜 시간 찾아온 그림을 드디어 만났다. 이 그림을 그린 사람을 알고 있었다. 절대 잊을 수 없는 한 사람, 나의 아빠였다.

* * *

엄마는 아빠가 한 번도 타인에게 나쁜 말을 들어본 적이 없다고 그랬다. 그럴만한 일을 만들지 않았기 때문이다. 아빠는 언제나 사람들에게 느긋한 웃음과 넉넉한 인품을 보여주었다. 하지만, 그런 아빠의 모습은 삶을 지속하는 데에는 아무런 도움도

되지 않았다.

사람들이 찬양한 아빠의 착한 성품은 돈을 버는 데 아무런 쓸모가 없었다. 아빠를 통해 나는 한 사람의 친절이 또 다른 누군가의 희생을 잡아먹어야만 나올 수 있다는 것을 배웠다. 아빠는 어릴 때부터 화가가 꿈이었다고 했다. 꿈이었다, 라고 말하는 까닭은 이루지 못했기 때문이다. 꿈을 이루었다는 건 스스로 경제적 자립을 할 수 있다는 뜻이라고 아빠는 말했다. 그러니 자신은 화가가 되지 못했다고. 아무런 소득도 없기 때문에 실패한 화가일 뿐이라고.

어렸을 때부터 아빠의 화실에 자주 간 나는 아빠가 그림을 그리는 장면을 줄곧 목격했다. 물감을 신중히 섞어 커다란 캔버스 위에 칠하는 아빠의 눈은 반짝거렸다. 좋아하는 사람을 대하는 수줍은 마음처럼. 그렇게 좋아하는 그림을 계속 그리기 위해 아빠는 화실을 운영했다. 명문대학의 회화과를 나온 아빠는 학벌을 무기 삼아 전투적으로 학생들을 모집했다. 처음에는 인터넷 사이트에 돈을 내고 광고를 싣기도 했고, 직접 근처 고등학교 앞으로 나가 입시 미술 전단지를 나눠주기도 했다.

차츰 아빠의 화실에 사람들이 모여들기 시작했다. 초등학생부터 성인까지 연령층은 다양했다. 그들은 화실에 와 낡은 이젤 앞에 앉아 스케치북에 그림을 그렸다. 아빠는 소묘에 필요한 기본적인 도구들을 최대한 저렴하게 구비해 놓았다. 두루마리 휴지나 벽돌, 다 떨어져 헤진 꽃과 나뭇가지 같은 것들을 테이블을 덮은 흰 보자기 천 위에 펼쳐냈다.

그 볼품없는 사물들을 나도 함께 눈으로 따라가며 하얀 스케치북에 그려냈다. 낡은 나무이젤은 높낮이가 맞지 않아 삐거덕거리기도 했다. 가장 낡은 이젤을 쓰던 내가 높이를 맞추려고 애를 먹으면 아빠가 다가와 높이를 맞춰주었다. 그럴 때면 이상하게도 화실 사람들의 이야기 소리가 유독 크게 들렸다. 이 화실은 시설이 낡은 것 같다든지, 그릴 수 있는 정물들의 종류가 적다든지 대부분 화실의 열악한 환경에 관한 내용이었다. 정물이 다 어디서 주워온 것 같다고 말하는 화실 사람들의 목소리는 아빠의 귀에도 충분히 들렸다. 아빠는 최선을 다해 정물을 준비하려고 했지만, 임대료와 기본 유지비만으로도 벅차 보였다.

화실을 흐르는 불편한 공기가 언제부터 시작되었는지 나는 알지 못했다. 다만, 캄캄한 밤이 노을을 한순간 삼켜버리는 것처럼, 온기는 금세 사람들의 불만 섞인 투정으로 덮여나갔다. 지극한 한숨을 내쉬는 아빠의 얼굴에 맺힌 주름이 늘어져 가고, 더디게 흐르는 시간만큼 통장의 잔고는 가물어 갔다. 화실에 오는 사람들의 수만큼 아빠의 통장에 찍히는 액수가 늘어나지 않는다는 것을, 그럼에도 마음이 약한 아빠가 회비를 재촉하지 못한다는 사실을 그때의 어린 나는 알지 못했다.

아빠는 사람들을 가르치다가도 틈틈이 화실의 가장자리 이젤에 앉아 그림을 그려나갔다. 가끔 화실에 방문하면, 캔버스에 붓칠을 하는 아빠의 뒷모습을 볼 수 있었다. 아빠는 시간이 날 때마다 열심히 작업을 했고, 화실에 아빠의 그림들이 차곡히 쌓여갔다. 아빠는 그 그림들을 문 옆쪽 벽면에 걸어두었다. 화실에서 그림을 그리다가 종종 돌아보면, 벽에 걸린 아빠의 그림들을 볼 수 있었다.

그 그림은 아빠가 그렸던 다른 그림들과는 달랐다. 아빠는 유독 이 그림에 많은 시간을 들였다. 화실에 갈 때마다 미완성인 채로 놓여있는 그림이 덩그러니 보였다. 아빠는 배경색을 입히는 데만 수년을 사용했다. 겹겹이 쌓인 공간감을 표현하기 위해서였을까. 색의 오묘함을 드러내기 위해서였을까. 이 그림을 그리는 아빠는 유독 심각해 보였다.

수만 겹으로 나뉜 층으로 완성된 검은 밤과 흰 보름달, 그리고 처량히 날아가는 검은 새까지. 날개를 곧게 뻗으며 비상하는 새가 까마귀라고 설명하는 아빠의 눈은 새의 검은 눈처럼 빛났다.

까마귀가 울면, 불행한 일이 생긴단다. 아빠는 나직한 목소리로 말을 이었다. 불행이 꼭 나쁜 것만은 아니지. 기분 좋은 불행도 있단다. 살다 보면, 인생이 참 그렇기도 해.

그렇게 말하는 아빠의 두 눈이 꼭 깊은 우물 같아서, 짐짓 길 잃은 새가 빠져 죽을 수도 있을 것 같다는 생각이 들었다. 날아 오르는 새는 언젠가 추락한다. 그날 아빠의 눈 안에 빠진 새는 무엇이었을까.

아빠가 그린 다른 그림들보다도 나는 유독 그 그림이 이상하게 마음에 들지 않았다. 검은 깃털을 뒤집어쓴 새까만 두 눈이 꼭 나를 노려보는 것만 같았다. 아빠의 화실에 서서히 발길을 끊은 이유는 어쩌면 그 시선을 피하기 위해서였는지도 모른다. 그림 속 까마귀를 볼 때면, 체한 것처럼 마음 한편이 답답해졌다. 이유는 알 수 없었다. 까마귀와 시선이 허공에서 부딪칠 때 마다 나는 주먹을 쥔 채 가슴 언저리를 두드렸다. 그런 나를 향해 아빠는 괜찮다는 양 친절한 미소를 지어주었다.

"이 그림은 어느 실패한 무명 화가가 그린 그림인데요. 그렇다고 가볍게 보면 안 돼요. 이 안에는 가난한 화가의 삶이 들어 있거든요."

린은 노래하듯 말을 이었다.

"하나의 생이 녹아든 작품은 값에 상관없이 위대하죠. 이 그림은 어쩔 수 없이 찾아오는 불행을 살짝 비틀어 줘요. 기분 좋은 불행으로 바꿔주는 거죠. 피할 수 없다면 즐겨라, 같은 말이

랄까요?"

"불행을 행운으로 바꿔줄 수는 없는 거야?"

미나가 팔짱을 낀 채 물었다. 눈썹을 올린 미나의 얼굴이 불만족스러워 보였다.

"그건 우주의 질서와 맞지 않아. 만약 누군가의 불행이 행운으로 변한다면, 바뀐 불행의 양만큼 또 다른 누군가의 행복이 불행으로 바뀔 거야. 그럼 또 그 불행을 바꾸기 위해서… 수많은 인간들의 운명이 변할걸? 혼돈을 바라는 건 아닐 테지."

"그치만, 기분 좋은 불행이라니. 어감부터 마음에 안 드는걸."

미나는 여전히 마음에 안 든다는 듯 고개를 저었다. 뒤에서 가만히 듣고만 있던 도선생이 입술을 열어 말했다.

"그림을 사지."

그 말에 나는 몸을 돌려 도선생을 바라보았다. 코에 걸친 안경을 벗은 도선생이 피곤한지 눈가를 비볐다. 린이 샐쭉하게 웃으며 대답했다.

"탁월한 결정이에요. 혹시 이미 찾아온 불행이 있으신가요?"

"굳이 하나로 말하기 어려울 정도로 많지. 그중 하나는 너도 알 테고."

새소년은 다 안다는 얼굴로 고개를 끄덕였다.

"세상에 불행 하나 없이 살아가는 존재가 어디 있겠어요. 우리는 모두 불행을 먹고 자라죠. 나무에 생기는 나이테처럼 우리의 시간 안에 함께 쌓여갈 거예요."

그렇게 말하는 린의 목소리는 조금의 위로가 섞인 듯 부드러웠다. 한껏 밝아진 린을 향해 도선생이 물었다.

"값은?"

"음."

미처 생각하지 못한 질문이라도 받은 듯 린은 동그란 눈을 깜빡였다. 생각에 잠긴 표정을 짓던 린이 다시 시선을 들었다.

"값은 나중에 받을게요. 아직 도선생에게는 제가 원하는 게 없거든요. 때가 되면 다시 찾아오죠."

"언제든."

도선생은 가볍게 대답했다. 할 일을 다 마쳤다는 양 린은 가뿐히 기지개를 켰다. 잘록한 허리를 길게 펴내는 모습이 천진한 아이 같았다. 뒤를 돌아선 린이 그림을 제외한 물건들을 다시 보자기 안으로 집어넣었다. 보자기를 묶은 끈을 단단히 여민 후 어깨에 걸치는 몸짓이 홀가분했다.

"그럼, 다시 볼 날까지 건강하세요. 언제든 찾아올 테니 문은 열어두시고요."

"또 보지."

싱긋 웃은 후 린은 거울 앞으로 걸어갔다. 거울 속으로 들어가려는 순간, 내가 입술을 열었다.

"저기, 질문이 있는데."

린이 뒤돌아 나를 바라보았다. 나는 한 걸음 가까이 다가가며 조심스럽게 물었다.

"혹시, 이 그림을 어떻게 얻게 된 건지 물어봐도 돼?"

"그건 왜 궁금해?"

린이 곧바로 되받아쳤다. 나는 쉽사리 대답하지 못한 채 머뭇거렸다. 아빠가 세상을 떠난 후, 이 그림은 어느 날 갑자기 사라졌다. 화실의 수많은 그림들 중 오직 이 그림 하나만. 화실을 정리하면서 찾아봤지만 끝까지 찾을 수 없었다. 그때 나는 무척 실망스러웠다. 이 그림만큼은 꼭 간직하고 싶었다. 그림을 그리는 아빠의 뒷모습이 떠오를 때면, 이 그림도 함께 생각났다. 그런데 이 그림을 린이 어떻게 갖고 있는 걸까.

"그러니까…"

뭐라 설명해야 할지 망설이는 나를 향해 린이 보조개를 띄우며 웃었다.

"미안. 영업 비밀이라서."

나와 눈이 마주친 린의 눈빛이 의미심장했다. 마치 무언가 알고 있는 것처럼. 하지만 더 이상의 설명을 덧붙이지 않았다. 나는 거울 속으로 들어가는 린의 뒷모습을 오래 바라보았다. 딸랑, 종소리와 함께 린의 자취가 사라졌다.

"상인은 대가 없이 정보를 주지 않아."

린이 떠난 자리를 향해 도선생이 말했다. 나는 고개를 돌려 도선생을 바라보았다. 팔짱을 끼고 지켜보던 도선생의 시선이 떨어져 그림에 닿았다.

"다음에 만나면 기억해 두는 게 좋을 거야."

나는 그림 쪽으로 한 걸음 다가섰다. 하얗게 빛나는 달 위로 날아가는 까마귀는 티 없이 우아해 보였다. 이전에는 음울해 보이기만 하던 검은 숲도 어쩐지 조금 밝아진 기분이었다. 색감이 환해진 것도 아닌데 왜 이전과 다르게 느껴지는 걸까. 골똘히 생각하는 나를 향해 도선생이 대뜸 말했다.

"네가 원하는 곳에 걸어줘."

"제가요?"

되묻는 내게 도선생은 고개를 끄덕여 주었다. 미나가 서랍에서 못과 망치를 꺼내 가져다주었다. 나는 그림을 조심스럽게 들어 안과 벽에 대보았다. 모닥불 위쪽 벽에 망치를 들어 못을 박았다. 잿빛 그림 속 까마귀가 금방이라도 튀어나올 듯 생생했다.

"까악 까악."

갑작스럽게 들리는 울음소리에 놀라 나도 모르게 어깨를 움츠렸다. 거울 위에 동상처럼 앉아있던 사라가 목소리를 높여 울더니 금세 멈추었다. 그런데 그 소리가 꼭 그림 속에서 나오는 것만 같아 저절로 그림으로 시선이 갔다.

"사라도 그림이 마음에 드나 봐."

속삭이듯 미나가 중얼거렸다. 그림 속 까마귀의 번쩍이는 두 눈이 더 이상 무섭게 느껴지지 않았다. 아빠가 말한 기분 좋은 불행이란 무엇이었을까. 다시 만나면 물어보고 싶었다.

나는 시선을 돌려 안과 안을 둘러보았다. 아빠가 말한 기분 좋은 불행이 꼭 이곳을 말하는 것만 같아서. 애써 찾던 그림을 결국 다시 만났다. 이 그림이 어떤 시간을 거쳐왔는지는 알 수 없지만, 아빠의 소중한 그림을 다시 볼 수 있어 감사했다. 이곳에 온 건, 나의 운명인 걸까?

나는 그림에서 눈을 뗄 수 없었다. 영험한 바람이 그 속에서 밀려오는 것만 같았다. 까마귀의 날갯짓에서 이는 작은 바람에 내 마음이 사락 움직였다. 기분이 좋아지는 바람이었다.

4. 블러디 문

나는 두꺼운 철제문을 힘주어 열었다. 언제나 그렇듯 창고 안은 어둡고 고요했다. 오늘은 혜지와 버스정류장까지 걸어간 후되돌아오느라 평소보다 늦게 도착했다. 자꾸 혼자 어디를 가냐고 묻는 바람에 적당히 둘러대야 했다. 서둘러 문을 닫은 후 거울 쪽으로 몸을 돌리려던 차였다. 예상치 못한 목소리가 가까이서 들렸다.

"늦었어."

나는 흠칫 놀라 뒤를 돌아보았다. 벽에 기대선 채로 나를 삐딱하게 바라보던 형체가 그제야 눈에 들어왔다. 하얗고 말간 얼굴에 딱 맞는 교복. 단정히 꽂힌 학생회 핀. 차분한 눈빛. 상대를 확인한 내 눈이 동그랗게 커졌다. 이 애가 왜 여기에?

"오늘은 평소보다 늦었다고."

높은 미성의 목소리는 천장까지 올라갔다가 푹 꺼졌다. 옅은 기침을 뱉는 아이의 미간이 찌푸려졌다. 창고에 가득한 먼지가 유약해 보이는 몸에 좋지 않은 듯했다.

잠시 땅을 향해 기침을 뱉던 아이가 다시 시선을 들어 나를 똑바로 바라보았다. 멀리서 보았을 때는 몰랐는데, 따뜻한 갈색의 눈동자 뒤에 시리도록 추운 빛이 서려있는 것 같았다. 나는 뜻밖의 겨울을 맞이한 동물처럼 숨을 크게 들이마셨다.

"강시우. 맞지?"

내 얼굴을 빤히 바라보던 아이가 희미하게 웃었다.

"입학식 날 봤어. 일 학년 수석이잖아."

내 말이 마음에 안 드는 듯 아이가 눈살을 찌푸렸다. 가만히 생각에 잠긴 표정을 짓던 아이가, 천천히 입을 열었다.

"…기억 안 나나 보네."

나는 시우와 내가 어떠한 연결점이 있는지를 고민해야 했다. 하지만 우리 사이에는 어떤 접점도 없을 터였다.

"매일 수업 후 몰래 창고로 숨어들잖아, 너."

"어떻게 알았어?"

"관찰하다 보면 알게 돼."

"나를 관찰했어?"

나는 이마를 찌푸리며 되물었다. 시우가 나를 관찰할 이유는 없을 텐데. 시우 같은 애가 나를 신경 쓸 이유는 없을 것 같았다.

"그래, 김은후. 너 말이야."

시우가 한 걸음 가까이 다가왔다. 나는 시우의 얼굴을 가만히 관찰했다. 친구들과 있을 때와는 딴판인 얼굴이었다. 천사처럼 이쁘장한 가면을 벗고, 차분한 눈빛으로 나를 바라보고 있었다. 이 아이는 어떻게 나를 알고 있을까. 어디까지 알고 있는 걸까.

"데려가 줘."

"데려가 달라니, 어디를?"

"네가 매일 이곳에서 사라지는 걸 알고 있어."

나는 불편한 마음으로 시우를 마주 보았다. 나에 대해 무엇을 알고 있는 걸까. 신경 쓰지 않는 척하며 내가 대꾸했다.

"무슨 말 하는지 잘 모르겠는데."

"사실 나는 너를 따라 이 창고에 여러 번 왔었어. 그때마다 너는 신기루처럼 사라지고 없었지. 어떻게 된 일인지 모르겠지만, 오늘은 나도 데려가."

"데려가 달라고? 왜 나를 따라오고 싶은데?"

"처음에는 별생각 없이 너를 바라보았어. 너는 나를 기억하지 못하는 것 같지만, 나는 너를 알거든. 그런데 어느 날부터인가 너를 볼 때마다 까마귀도 같이 보였어. 그래서 더 흥미가 생겼지. 그런데 더 이상한 점이 있었어. 꼭 까마귀가 너를 따라다니는 것 같은 거야. 우연이 아니라는 확신이 들기 시작했지. 나도 네가 사라지는 그곳에 가야 할 것 같은 느낌이 들었어. 설명하기 힘들지만."

시우는 왜 나를 관찰한 걸까. 까마귀와 무슨 연관이 있는 걸까. 설명하기 힘든 느낌은 어떤 걸까. 묻고 싶은 질문들이 많았다. 내가 다시 한번 입술을 열었을 때, 시우가 가늘게 기침을 뱉었다. 소매로 입가를 가린 시우의 몸이 휘청였다. 겨우 몸을 벽에 기댄 시우의 얼굴이 창백했다.

"괜찮아?"

시우의 얼굴을 살피며 물었다. 소매에 핏자국이 묻어있었다. 입가에 미세하게 남은 피를 본 내가 소리쳤다.

"뭐야? 너, 왜 이래?"

"원래 이래. 신경 쓰지 마."

"어떻게 신경을 안 써, 피를 쏟는데."

다그치듯 말하며 시우에게 다가섰다. 그 순간 시우의 몸이 앞으로 고꾸라졌다. 양팔을 벌려 시우의 몸을 받아냈다. 그 덕에 시우와 나는 엉거주춤 껴안은 행색이 되었다.

"괜찮아?"

대답은 들리지 않았다. 키 큰 남자애의 몸을 버티고 서있기 힘들었다. 나는 뒷걸음질을 하며 시우를 힘들게 몸으로 지탱했다. 살에 닿은 시우의 몸이 뜨거웠다. 병원에 데려가야 했다.

* * *

"깼어?"

나는 조심스럽게 물었다. 시우는 소파에 누운 채 커다란 담요를 덮고 있었다. 어지러운지 이마에 손을 잠시 대었다가, 천천히 떼며 나를 바라보았다.

"여긴 어디야?"

"네가 오고 싶어 한 곳."

내 대답에 시우는 몸을 일으켰다. 낯선 공기에 적응하려는 듯한 표정이었다.

"약이야. 먹어."

약초를 다듬던 미나가 소파로 걸어갔다. 몸을 일으킨 시우는 비몽사몽 한 얼굴로 그릇을 받았다. 그릇 안에는 미끈거리는 초록색 약이 들어있었다. 절로 인상을 찡그리는 시우를 향해 미나가 또박또박 말했다.

"꼭꼭 씹어 먹어. 배탈 날 수도 있으니까."

시우는 고분고분히 약을 한 번에 들이켰다. 이마를 찌푸리면서도 꾸역꾸역 삼키는 시우의 모습에 웃음이 나왔다. 쓴맛을 달아나게 해줄 사탕을 미나가 시우에게 건네주었다.

"잘했어. 이거 먹어."

말을 잘 듣는 아이를 대하는 말투였다. 시우는 사탕 껍질을 풀어 입 안에 쏙 넣었다. 반들반들한 보라색 사탕을 입 안에서 녹이며 안과를 구석구석 살펴보았다.

"여기가, 네가 학교 마치고 매일 오는 곳이야?"

나는 고개를 끄덕였다.

"계약대로라면 은후는 이곳에 아무도 데려올 수 없어. 너는 지인이 아니라 환자로서 온 거야. 그래서 허락해 준 거고."

미나가 허리에 손을 올리며 나를 흘긋거렸다.

"그러니 치료를 받고 가. 도선생이 곧…"

그때 은종이 요란하게 울렸다. 거울에 희미한 형상이 비치더니, 도선생이 거울 속에서 튕겨져 나왔다. 몸을 가린 커다란 코트에서 검은 물과 핏물이 뚝뚝 떨어져 내렸다. 검정 모자를 푹 눌러쓴 바람에 얼굴의 반이 보이지 않았지만, 괴로운 신음이 그의 입술에서 흘러나왔다. 비틀거리며 발걸음을 옮기던 도선생이 겨우 중심을 잡고 섰다. 코트 앞깃을 쥔 도선생의 손이 피투성이였다. 상황을 인지하기도 전에 피비린내가 코를 찔렀다.

"도선생…"

미나는 쥐고 있던 그릇을 떨어뜨렸다. 유리 파편이 사방으로 튀었다. 도선생이 턱을 들어 시우를 바라보았다. 모자 아래 위치한 희미한 눈동자가 시우의 상황을 단번에 읽은 것 같았다. 도선생과 눈을 맞춘 시우는 몸을 웅크리며 담요를 세게 쥐었다.

"손님이 왔군. 보아하니 네 친구인 것 같으니 책임지고 치료하도록."

도선생의 목소리가 갈라져 나왔다. 나는 도선생을 향해 한 걸음 다가서며 불안감을 드러냈다.

"하지만…"

"피곤해. 말 걸지 마."

더 이상 어떤 대화도 원하지 않는 것처럼 도선생이 몸을 휙 돌렸다. 그러고는 비적비적 걸어가 방문을 열었다.

쾅!

문이 부서질 듯 거세게 닫혔다. 도선생이 방으로 들어간 후 얼마간 정적에 휩싸였다. 도선생이 걸어간 자리마다 불규칙하게 흩어진 검붉은 피가 보였다. 나는 무슨 말을 해야 할지 몰라 막연히 미나를 바라보았다. 미나는 어느 때보다도 불안해 보였다. 나는 창백한 얼굴을 한 미나에게 다가갔다.

"도선생이…"

"나도 몰라."

미나가 단번에 내 말을 끊어냈다.

"두어 달에 한 번씩 저렇게 다쳐서 와. 얼핏 보기에도 상당한 피를 흘린 것 같은데, 알려주지 않으니 알 수 없어. 앞으로 사흘 간은 도선생을 찾을 수 없을 거야."

"문 너머에 있는 것뿐인데, 찾을 수 없다니?"

"궁금하면 열어보든지."

포기한 목소리로 미나가 대답했다. 나는 조용히 걸어가 방문을 노크했다. 안쪽에서 아무런 대답이 들리지 않았다. 문고리를 돌리자 의외로 문은 한 번에 열렸다.

하지만 방 안에는 아무도 없었다. 서재 한가운데 커다란 금박 거울이 놓여있었다. 그 거울 앞에 피로 얼룩진 양탄자가 눈에 들어왔다. 떨어진 깃털들이 도선생의 상처를 증명해 주듯 휘날렸다.

"그가 어디로 갔는지 아무도 몰라."

희망이 없는 표정으로 미나가 방 안을 들여다보았다.

"그러니 사흘 동안 도선생 없이 환자를 맞아야 해. 네 친구를 포함해서."

나는 거울을 물끄러미 바라보았다. 그 다친 몸으로 어디를 간 걸까? 도선생은 항상 본인에 대해 이야기를 아꼈다. 바닥에 흘린 핏물을 미나가 걸레질하기 시작했다. 초조한 미나의 시선이 자꾸만 방 안을 향했다.

검은 깃털 서너 개가 도선생이 사라진 거울 앞에 내려앉아 있었다. 그 깃털을 본 미나가 다가가 섰다. 깃털을 주운 후 양손으로 조심스럽게 감쌌다. 나는 시우를 돌아보았다. 시우의 얼굴에 혼란스러운 기색이 가득했다.

* * *

크림색 초가 타들어 가며 향을 부드럽게 퍼뜨렸다. 환자마다 다른 향으로 바뀌는 듯했다. 이번에는 혀끝에 착 달라붙을 것처럼 끈적거리는 초콜릿 향이었다.

나는 시우와 탁자를 사이에 두고 앉았다. 여자 손님이 왔을 때와 같은 자리였다. 새 차트와 깃털 펜을 탁자 위에 가지런히 펼쳐놓은 후 두 손을 모아 시우를 마주했다. 미나는 확인해 볼 게 있다며 도선생 방으로 들어간 지 꽤 되었다. 도선생의 행방을 알아낼 단서를 찾는 것 같았다.

"네 이야기를 해 줘."

차트에 시우의 이름을 적으며 내가 말했다. 일렁이는 초를 응시하던 시우가 조용히 고개를 들었다.

"내 이야기는 뻔해. 너도 알고 있을 텐데."

마치 내가 자신을 잘 알고 있다고 믿는 표정이었다.

"나에 대해 애들이 하는 말 많잖아."

"잘 몰라, 나는."

깃털 펜을 바로잡으며 내가 대답했다.

"나한테 관심이 없어?"

"남한테 관심 가질 정도로 여유롭진 않아. 너와 다르게."

사실 시우에 대해서는 이미 혜지에게 들어 알고 있었다. 하지만, 나는 혜지처럼 타인에게 관심을 가질 마음의 여유가 없었다. 다른 아이들에게 시우는 친해지고 싶은 대상일지 몰라도, 내게는 다른 반 학생일 뿐이다.

"네가 일 학년 수석이라는 건 알아. 배지를 보아하니 학생회 임원이지?"

나는 깃털 펜을 빙그르르 돌린 뒤 말을 이었다.

"하지만 이런 건 표면적인 것들이고, 내가 듣고 싶은 건 네 마음이야. 평소에 어떤 생각을 하면서 지내는지 알려줘. 시시콜콜한 거라도 괜찮아. 전부 도움이 될 거야."

시우는 턱을 괴며 따분한 표정을 지었다.

"별로 재밌지 않을 거야."

"재미를 위해 치료하는 건 아니니까."

시우는 여전히 입을 열고 싶지 않은 눈치였다. 생각에 잠긴 얼굴로 촛농을 들여다보는 시우를 한동안 기다려 줘야 했다. 차차 인내심이 한계에 다다를 때쯤, 시우가 입술을 움직였다.

"맡아본 적 있어, 이 향."

진득거리는 초콜릿 향이 코끝을 찔렀다. 사실 향이 지나치게 달다고 생각하던 차였다. 온몸이 초콜릿 속에 흠뻑 담긴 것 같았다.

"좋네."

눈을 감고 향을 음미하는 시우의 입가에 미소가 번졌다. 그 얼굴을 나는 물끄러미 바라보았다. 달콤한 디저트를 기다리는 아이처럼 시우는 설레 보였다.

눈을 감고 있던 시우가, 눈꺼풀을 천천히 올렸다. 그 순간 나도 모르게 시우 가까이 몸을 숙였다. 시우의 눈을 향해 손을 뻗었다. 내 손가락이 시우의 눈가에 닿았다. 그의 눈동자가 일순간 흔들렸다.

"…아름다워."

목소리가 의지와 상관없이 튀어나왔다. 침묵이 흘렀다. 뱉은 말을 주워 담고 싶었지만, 나는 아무 말도 하지 못했다. 시우의 두 눈에서 도저히 시선을 뗄 수 없었다. 시우의 붉은 눈이 나를 응시하고 있었다. 그 시선을 받으며 중얼거렸다.

"노을이 새겨진 보석 같아."

찬란하고 투명한 붉은 보석이 눈에 박혀있는 것처럼. 일렁이는 노을빛이 황홀했다. 이전에도 이 눈을 본 적이 있었는데. 언제였더라.

"내 이야기를 할게."

시우가 입을 열었다. 아득한 빛이 새겨진, 언젠가 내게 보여준 그 붉은 눈으로.

"내가 기억하는 엄마의 모습은, 초콜릿을 좋아한다는 것이었어. 언제나 엄마 근처에는 초콜릿이 있었지. 화나거나 속상한 일이 있을 때, 엄마는 어김없이 초콜릿을 먹었어. 동그랗고 부드러운 초콜릿부터 딱딱한 사각 모양의 초콜릿까지 크기도 모양도 다양했어. 엄마가 초콜릿을 먹을 때마다 나는 곁에서 그 모습을 지켜봤어.

내가 기억하는 가장 어린 시절부터 엄마는 내게 초콜릿을 줬어. 천식 때문에 힘들어할 때면, 엄마는 초콜릿으로 나를 달랬어. 달콤한 초콜릿을 입 안에 넣으면, 아픔이 찰나지만 사라지는 것 같았어. 초콜릿을 좋아하는 엄마처럼, 나도 초콜릿을 사랑하게 된 거야.

하지만 초콜릿을 먹는 엄마의 문제점은, 그걸 너무 좋아했다는 거야. 엄마는 밥을 먹지 않았어. 강박적일 정도로 계속 초콜릿을 먹었지. 어린 나는 그게 무엇을 뜻하는지 알 수 없었어. 내가 아는 건, 엄마가 거의 매일 슬퍼 보였고, 초콜릿을 먹을 때만 그렇지 않아 보였다는 점이야. 일을 끝내고 온 아빠는 엄마를 전혀 신경 쓰지 않았어. 엄마도 아빠에게 말을 걸지 않았지. 그런 분위기가 내게는 자연스러웠어."

시우는 한숨을 길게 내쉬었다. 사실 나는 알고 있었는지도 모른다. 시우를 고등학교에서 다시 마주쳤을 때, 붉은 눈의 그 아이라는 걸. 아이들에게 둘러싸여 완벽한 미소를 짓는 시우를 바라볼 때면, 어딘가 불편해 보였다. 꼭 그날 본 붉은 눈처럼, 불안하게 아름다웠다. 애써 잊고 있었는데.

"내가 일하던 편의점에 왔었지?"

내 말에 시우는 희미하게 웃었다.

"이제 기억나?"

나는 고개를 끄덕였다. 시우는 내가 아르바이트를 하던 편의점 손님이었다. 주말에만 일했던 나는 편의점에서 여러 손님을 맞이했다. 시우도 그중 한 명이었다. 후드티와 캡 모자, 마스크로 얼굴을 가린 또래 남자아이. 나는 시우를 그렇게 인식했다.

시우는 매번 아이스크림이나 과자, 음료를 하나씩 사 갔다. 매번 사 가는 종류도 달라 특별히 눈에 띄지 않았지만, 나는 시우를 절대 잊을 수 없었다. 계산을 하기 위해 시우가 카운터에 스낵을 올려놓은 날. 나는 시우에게 카드 잔액이 부족하다고 말했다. 그때 시우가 땅을 향하던 시선을 들어 나를 바라보았다.

"아… 잠시만요."

당황한 듯 시우가 비스듬히 맨 가방을 열어 한 손으로 뒤졌다. 너저분한 가방 안에 휴지와 종이, 지폐와 동전들이 마구 섞여있었다. 시우가 손바닥으로 동전을 긁어서 꺼내던 순간, 어깨에 아슬아슬하게 걸려있던 가방이 땅으로 엎어졌다.

가방에 든 물건들이 바닥에 어지럽게 쏟아졌다. 나는 물건들을 주워 담는 시우를 지켜보았다. 그런데 난잡한 물건들 사이로 초콜릿 여러 개가 보였다. 은박으로 싸인 동그란 초콜릿을 본 내 표정이 빠르게 굳었다. 초콜릿을 집어 들던 시우가 고개를 들어 나를 살펴보았다. 서로의 눈이 마주쳤다.

그때 나는 보았다. 붉게 물든 그의 두 눈을. 물감이 번지듯 갈색빛 눈동자를 붉은빛이 부드럽게 덮었다. 붉게 빛나는 두 눈이 아름다웠다. 나를 바라보던 시우가, 고개를 휙 돌리더니 마스크를 올려 썼다. 그러고는 가방을 집어 어깨에 멘 채 빠르게 편의점을 나갔다.

시우가 사라진 자리에 초콜릿들이 너저분하게 흩어져 있었다. 몇 개는 옆구리가 터진 채로 바닥에 삐죽 흘러나와 있었다. 나는 무릎을 구부리고 앉아 초콜릿들을 하나씩 주웠다.

이 아이였다. 얼마 전부터 초콜릿을 훔쳐 간 사람이. 요즘 초콜릿이 없어진다면서 점장님이 손님들을 더욱 세심히 지켜보라고 했던 이유가 이 아이 때문이었다.

나는 초콜릿들을 주워 제자리에 도로 가져다 놓았다. 이미 망가져 팔 수 없는 것들은 바코드를 찍은 후 내 돈으로 결제했다. 카운터 위에 놓인 초콜릿 두 개가 무자비하게 터져있었다. 나는 한동안 찌그러진 초콜릿과 붉은 눈을 떠올리지 않을 수 없었다.

그날, 나는 왜 시우를 신고하지 않았을까. 그가 훔쳐 갔다고 말하면 되는 거였는데. 시우는 그 뒤로 다시 편의점에 오지 않았다. 얼마 지나지 않아 나는 자의로 편의점 일을 그만두었다. 어쩐지 더 이상 일을 계속하면 안 될 것 같았다. 그의 비밀을 지켜주었기 때문일지도 몰랐다.

때때로 나는 붉은 눈을 생각했다. 학교에서, 집에서, 찬란한 노을빛이 어른거렸다. 막연히 그 빛을 생각할 때면, 시선의 끝에 시우가 보였다. 그와 눈이 마주칠 때마다 그날의 공기가 마음속에 두둥실 떠올랐다. 눈부신 붉은 눈과 버려진 초콜릿들. 어쩐지 나는 그 기억이 마음속에서 오랫동안 지워지지 않을 것 같았다.

"설마 했는데… 말도 안 돼."

시우의 눈을 들여다보던 미나가 고개를 절레절레 흔들었다.

"왜 그래?"

미나의 반응에 불안해진 내가 물었다.

"블러디 문이야."

"블러디 문?"

"달의 표면에 피가 고여서 생기는 증상이야. 가장자리부터 물들다가 달 전체로 퍼지게 돼. 진행된 경과로 보아 당장 치료받지 않으면 시력을 잃을 거야."

"그 정도로 심각해?"

"나도 실제로 본 건 처음이야. 학술서에만 적힌 증상인 줄 알았는데."

급하게 걸어가 책장 앞에 선 미나의 모습은 평소보다 당황한 것 같았다.

"블러디 문을 치료하는 방법에 관한 책이 있어. 새소년에게 산 고서야."

미나는 사다리를 끌어와 책장 위쪽으로 올라갔다. 잠시 후 두꺼운 고동색 책 한 권을 꺼내 갖고 내려왔다. 미나는 수건에 물을 묻힌 후 책에 쌓인 먼지를 닦아냈다. 단단한 책의 표지에 보름달이 그려져 있고, 알아볼 수 없는 고대 언어가 달 주변으로 동그란 띠를 만들고 있었다. 목차를 확인한 후, 미나는 책의 중간 부분을 펼쳐 읽기 시작했다. 펼쳐진 책의 윗부분에 붉은 잉크로 칠해진 보름달 그림이 보였다.

"푸른 초승달 부스러기 칠 그램, 반달 항아리의 정화수 삼분의 일 컵, 악의에 찬 인간의 눈물 한 방울…"

미나는 진지한 얼굴로 책을 읽어 내려갔다.

"전부 섞어낸 다음 인간의 체온 정도를 유지한 후, 마지막으로 푸른 꽃줄기를 빻아낸 가루 한 스푼."

책을 소리 내 읽는 미나의 얼굴이 점점 사색이 되어갔다. 하얗게 질린 미나가 겨우 다음 문장을 읽어냈다.

"참고. 푸른 꽃줄기는 바사의 약국에서만 구할 수 있음."

"바사? 그게 누구야?"

대답하기를 머뭇거리는 미나의 표정이 좋지 않았다. 미나가 자리를 박차고 일어나 돋보기를 꺼내 시우의 보름달을 세심하게 살펴보았다.

"도선생이 돌아올 때까지 기다리면 늦어. 이미 증상은 시작되었을 거야. 앞이 잘 안 보이지?"

시우가 고개를 끄덕였다.

"사실 몇 달 전부터 사물이 흐릿하게 보여. 안과에서 검사받아도 이상 없다고 나오고."

"치료할 수 있는 골든타임은 지금부터 약 열여덟 시간이야."

"만약 열여덟 시간이 지나면?"

"시력을 잃게 돼."

단호한 미나의 대답에 나는 시우를 쳐다보았다. 시우가 주먹을 꽉 쥐고 있었다.

"그럼, 열여덟 시간 후에 나는 시력을 잃는 거야?"

시우가 창백한 얼굴로 물었다.

"그 바사의 약국이 어디에 있는데? 우리가 가기 어려운 곳이야?"

내 질문에 미나가 고민하는 듯하더니, 나지막이 대답했다.

"가는 법도 모를 뿐 아니라… 너무 위험해. 우리에게는."

미나의 반응에 나는 초조해졌다. 그렇다고 시우가 시력이 잃는 것을 두고만 볼 수는 없었다. 나는 조그맣게 말했다.

"도선생이라면 어떻게 했을까."

도선생이라는 단어를 뱉는 순간 미나의 얼굴에 굳은 결심이 비쳤다.

"도선생이라면… 그곳을 찾아갔을 거야. 자신을 찾아온 환자를 절대 외면할 리 없어."

결심한 얼굴로 미나가 책상에 놓인 수화기를 들었다. 다이얼을 누른 후 누군가와 통화를 하기 시작했다. 고개를 끄덕이며 종이에 무언가를 적어 온 미나가 시우 가까이 다가왔다.

"누구한테 전화한 거야?"

"린에게 바사의 약국으로 가는 길을 물어봤어. 비싼 값을 주긴 했지만, 정확한 좌표를 얻었어."

"린이 길을 알아?"

"그가 모르는 길은 없어."

미나는 통화하면서 적어둔 메모를 손가락으로 짚어내며 읽었다. 나도 읽으려고 해봤지만, 알아볼 수 없는 언어로 적혀있었다. 미나는 소리 내어 그 문장을 읽더니, 안과에 위치한 커다란 금박 거울 앞에 다가가 섰다.

미나가 손을 뻗자, 거울에 여러 층의 문양이 생기더니, 안과 전체로 확장되었다. 옅은 바람이 불었다. 미나의 머리카락이 자유롭게 휘날렸다. 여전히 종이에서 시선을 떼지 않은 채로 미나가 말했다.

"이전의 좌표들을 없애는 중이야. 도선생은 몇 번이고 좌표를 겹쳐서 얹을 수 있지만, 내게는 힘들어. 전부 지워낸 후에 새롭게 좌표를 새길 거야."

"그럼, 학교 창고로 연결된 좌표도 사라지는 거 아니야?"

내 걱정을 예상했다는 듯 미나가 대답했다.

"걱정 마. 그 정도 좌표는 나도 쉽게 만들 수 있어."

미나는 서랍을 열어 은색 단도를 꺼내왔다. 단도를 열자 푸르스름한 빛이 비쳤다. 칼날로 원에 문양을 새겨 넣는 미나의 얼굴이 신중해 보였다.

"그 칼은 원래 갖고 다니는 거야?"

"너도 챙겨. 혹시 모르니까."

미나는 내게도 단도를 하나 주었다. 은빛의 칼집에 독수리 문양이 새겨져 있는, 한 뼘 길이의 단도였다. 나는 단도를 미심쩍은 얼굴로 받아들며 물었다.

"약국에 가는데 칼이 왜 필요해?"

"방심하면 안 돼. 바사는 잔인하니까."

"그게 무슨 뜻이야?"

조용히 듣고 있던 시우가 불안한 눈빛으로 물었다. 미나는 시우의 얼굴을 보더니 신중하게 말했다.

"네 눈을 고치는 데 우리의 목숨을 건다는 뜻이야."

마지막 문양을 새겨 넣으며 미나가 대답했다. 무시무시한 말이었지만, 미나는 침착한 태도를 유지했다. 하지만 칼을 쥔 미나의 손이 미세하게 떨리고 있었다.

시우의 눈을 고치기 위해 내가 목숨을 걸 수 있을까? 아니, 나는 그렇다 치더라도 미나는 왜? 시우를 오늘 처음 만났을 뿐인데. 미나가 내게 칼을 장난삼아 주었을 리 없다. 나는 단도에 새겨진 문양을 손바닥으로 쓸었다. 이런 칼은 처음이었다. 미나도 모르지 않을 텐데. 이런 무기가 나 같은 사람에겐 아무런 도움이 되지 않는다는 걸. 차라리 뒤도 돌아보지 말고 도망치라는 말이 현실적일 것 같았다.

미나가 완성한 수식이 가장자리부터 하얗게 빛나더니 땅 위로 일어섰다. 여러 겹의 수식이 서로 마구잡이로 겹쳐지며 요란하게 빛났다. 곧 동그란 빛줄기가 되어 거울을 향해 뻗어나갔다.

거울이 거세게 공명했다. 순식간에 암흑이 거울 전체를 에워싸더니, 곧 아무런 일도 없었다는 듯 원래의 거울로 돌아왔다. 거울 안에 미나와 나, 시우가 깨끗하게 비쳤다. 거울 표면에 미나가 손바닥을 갖다 대더니, 뒤돌아 말했다.

"나를 따라 들어오면 돼."

"잠깐만."

먼저 거울 속으로 들어가려는 미나를 시우가 붙잡았다.

"나도 칼 줄 수 있어?"

시우가 붉은 눈을 깜빡이며 말했다.

"내 몸은 내가 지키고 싶어."

생각에 잠긴 표정을 짓던 미나가 서랍에서 단도를 꺼내 시우에게 주었다. 미나에게 받은 청록색 단검을 시우가 교복 안쪽 주머니에 소중히 넣었다.

"달라고 해서 주지만, 너는 우리의 손님이야. 네가 그 검을 쓸

일은 없을 거야."

"걱정 마. 나도 혹시 몰라서 부탁한 거니까."

시우는 엷은 미소를 지었다. 미나가 먼저 거울 속으로 들어갔다. 망설이던 시우도 미나를 따라 들어갔다. 나는 심호흡을 한 후 거울 속으로 발을 뻗었다.

은종이 명랑하게 울렸다. 완전히 다른 차원의 세계에 들어선 것 같았다. 다양한 겹의 빛이 겹쳐진 채로 휘날리고, 우리는 하얗게 난 빛의 선을 따라 밟으며 걸어갔다. 여러 색의 빛이 다양하게 섞인 채 파동 쳤다. 어지러운 가운데 우리가 서있는 길은 완벽한 직선이었다.

"여긴 어디야? 거울을 통과하면 바로 도착하는 거 아니었어?"

"바사의 약국은 고차원으로 이어진 세계야. 세계의 끝과 끝을 임시로 연결해 놓은 거지. 새소년의 수식이 아니었다면 찾는 것도 불가능했을 거야."

미나가 앞서 걷고, 그 뒤에서 시우와 내가 나란히 걸었다. 위잉거리는 소리가 여리게 울렸다. 미나의 발걸음 소리가 타박거리며 나갔다.

"잘 들어. 바사의 눈에 최대한 띄지 마. 존재하지만 보이지 않는 물질이라고 스스로 생각해, 공기처럼."

미나의 말을 이해하기 어려운지 시우가 눈썹을 찡그렸다.

"만약 바사가 그렇게 무섭다면,"

뒤도 돌아보지 않고 걸어가는 미나를 향해 시우가 물었다.

"왜 이렇게까지 나를 도와주는 거야?"

"너는 도선생의 환자야."

미나는 걸음을 멈추어 섰다. 뒤돌아보지 않았지만, 답을 고르는 신중함이 느껴졌다.

"도선생이 다쳤는데도 나는 할 수 있는 게 없어. 그러니 그가 없는 동안 내가 할 수 있는 일을 할 거야."

미나는 다시 앞서 걸어가기 시작했다. 위잉거리는 소리가 점차 커졌다.

"…나 자신을 건다고 할지라도."

마지막으로 중얼거린 미나의 문장은 주변의 소음에 묻혀 잠긴 듯 들렸다. 나는 곧게 편 미나의 등을 바라보았다. 곧게 뻗은 길을 흐트러짐 없이 걷고 있었다. 그 뒷모습이 어쩐지 외로워 보였다.

마치 보이지 않는 짐을 홀로 진 사람처럼. 아무도 상관하지 않지만, 본인만 신경 쓰는 무형의 짐. 그것을 힘겹게 끌어올려 메고 있는 것 같았다.

커다랗고 하얀빛 앞에서 미나가 뒤돌아보았다. 빛 속으로 들어가기 전 미나가 우리를 향해 쓸쓸한 미소를 지어주었다. 꼭 안심하라는 것처럼. 사실은 본인이 가장 많이 떨고 있음에도.

나는 미나를 따라 빛 안으로 발을 뻗었다.

5. 바사의 약국

하얀빛이 세상을 집어삼킨 것 같더니, 차차 주변이 보이기 시작했다. 나는 눈을 깜빡이며 주변을 제대로 보기 위해 애썼다.

"멋대로 남의 거울 이용하지 마."

서늘한 목소리가 들렸다. 나는 소리가 나는 쪽을 쳐다보았다. 열 살 정도밖에 안 돼 보이는 소년이 유리 진열대 한가운데에 걸터앉아 있었다. 소년 옆으로 초콜릿과 사탕이 수두룩 펼쳐져 있었다. 이미 많이 까먹었는지 벗겨진 은박 포장지도 함께 널브러져 보였다.

"홀로그램을 뚫고 올 자신은 없어서요."

소년을 향해 미나가 대답했다.

"그건 네 사정이고."

고개를 숙이고 있던 소년이 미나를 똑바로 바라보았다.

"내 거울을 이용해도 된다고 허락한 적은 없어."

소년은 손에 들고 있던 동그란 사탕을 입 안에 넣었다. 음미하는 소년의 얼굴에 흡족한 미소가 떠올랐다.

"너도 먹을래?"

미나를 향해 소년이 손을 뻗었다.

"사양하겠습니다."

나는 미나의 목소리가 떨리는 것을 느꼈다. 소년은 나와 시우에게는 아무런 관심도 없는 것 같았다. 덕분에 나는 소년을 조용히 관찰할 수 있었다.

하늘의 색을 담은 푸른빛의 머리카락에 회색 눈동자를 지닌 소년은 흡사 천사의 얼굴을 하고 있는 것 같았다. 흰 얼굴에 새겨진 커다란 눈과 오뚝한 코, 붉은 입술이 매혹적이었다. 가늘고 긴 팔다리가 유약해 보였지만, 눈빛만은 날카로웠다. 넥타이와 색을 맞춘 남색 정장이 격식을 차린 것 같았다. 귀밑까지 내려온 머리카락을 넘긴 상태였는데, 대충 쓸어 넘긴 헝클어진 머리는 자유분방한 분위기를 자아냈다.

소년이 앉아있는 진열대 뒤로 평상시 약사가 앉아있을 법한 딱딱한 나무 의자와 벽 한 면을 가득 채운 목조 진열대가 보였다. 진열대를 덮은 깨끗한 유리창 너머 여러 종류의 약이 있었다. 유리병에 담긴 색색의 알약, 물약과 정체를 알 수 없는 식물의 이파리까지. 전부 색깔별로 깔끔하게 정리되어 있었다. 미나의 실험대보다 훨씬 더 다채로웠다.

"여전히 내 밑에서 일할 생각은 없는 거야? 이번에 새로 뽑은 아르바이트생이 이틀 만에 도망가 버렸단 말이야. 너라면 좀 다를 것 같은데."

소년이 말할 때마다 비릿한 향이 단향에 섞여 퍼졌다.

"인간의 영혼을 갖고 노는 당신 밑에서 일할 생각은 없어요."

"왜 그렇게 삐딱하게 굴지? 사실은 너도 관심 있잖아. 맨날 실험한답시고 새소년한테서 이것저것 산다지?"

소년은 사탕 하나를 더 집어 은박을 풀었다. 검붉은 사탕을 입 안에 쏙 넣는 소년의 얼굴은 순진무구해 보였다.

"네가 하고 싶은 실험을 여기서는 실컷 할 수 있어. 원한다면 내가 잡아둔 영혼들도 잔뜩 주지. 생과 사를 넘나드는 신비의 세계가 궁금하지 않아?"

"전혀요."

미나는 빠르게 대답했다. 한시라도 빨리 대화를 끝내고 이곳을 벗어나고 싶은 눈치였다. 소년을 향해 미나가 가까이 다가갔다. 소년의 회색빛 눈동자를 마주 본 미나의 목소리가 어느 때보다도 단단했다.

"궁금할 텐데. 이번에 새로 실험중인 약이 있는데, 가장 극단적인 욕망을 맞바꿔 준단 말이야. 너같이 나약한 인간은 절대 시도도 못 할 실험이잖아?"

대답 없는 미나를 향해 소년은 악의에 찬 웃음을 지었다.

"너는 결국 너를 키운 나무를 베게 될 거야. 그전에 내게 오는 게 좋을 텐데."

미나의 어깨가 떨렸다. 대답할 가치도 없다고 생각했는지 아예 화제를 바꿨다.

"제가 이곳에 온 건 목적이 있어서예요. 바사, 당신의 도움이 필요해요."

바사? 나는 소년을 뚫어져라 쳐다보았다. 바사는 잔인하다고 하지 않았나? 겉보기에 천진한 아이처럼 보일 뿐인데. 쉽사리 믿기 힘들었다.

바사는 말없이 입 안에 넣은 사탕을 굴렸다. 오도독 사탕이 깨지는 소리가 들렸다. 그제야 바사는 미나 뒤로 선 시우와 내가 보이는 듯했다. 턱을 괴며 바사가 따분한 표정을 지었다.

"저것들은 뭐지?"

"환자예요. 처방전을 가져왔어요."

미나가 눈짓하자, 조용히 있던 시우가 품에서 처방전을 꺼냈다. 미나는 시우에게 받은 처방전을 바사에게 건네주었다. 한

98

손으로 받은 바사는 처방전을 펼쳐 건성으로 읽었다. 바사의 손에 들린 처방전이 툭 바닥으로 힘없이 떨어졌다.

"도선생은 여전하군. 인간 아이를 도와주라니, 나를 참 쉽게 본단 말이야."

"값은 가져왔어요."

바사는 전혀 기대하지 않는 얼굴로 고개를 끄덕였다.

"그래, 뭘 가져왔지?"

"사라."

미나가 부르자, 거울 위에 앉아있던 사라가 내려와 진열대 위에 내려앉았다. 미나는 사라가 발톱에 쥐고 있던 주머니를 받아 열었다. 작고 동그란 구슬이 하나 들어있었는데, 분홍색과 보라색이 섞인 투명한 돌이었다.

"불행을 불러들이는 보석이에요."

"행운이 아니라, 불행?"

"당신은 인간의 행운 따위엔 관심 없잖아요."

바사가 웃었다.

"내게는 인간의 행운이나 불행 모두 똑같아. 그들이 어떤 감정에 얽매이든 상관없지. 영혼이라면 모를까."

"이건 일반적인 보석이 아니에요. 영혼에 상처를 입힐 수 있죠."

"영혼?"

흥미를 보이지 않던 바사의 눈빛이 반짝였다.

"이 보석을 녹여낸 영혼에 더하면, 그 영혼은 완전히 다른 화학반응을 할 거예요. 궁금하지 않나요? 괴로움에 몸부림치는 영혼이. 학구적인 당신이라면."

"흐음."

바사는 미나에게 받은 보석을 검지와 엄지로 집어 들었다. 샹들리에 빛에 비추어 보는 바사의 표정이 알쏭달쏭했다.

"내가 얻고 싶은 보석은 저쪽인데."

바사의 시선 끝에 시우가 있었다.

"저 빨간 눈을 좀 봐. 아름답잖아? 쉽게 구할 수 없다고, 저런 건."

"그만한 가치가 없는 보석이에요. 겉보기에만 예쁘장하지, 막상 가지면 금방 싫증 날 텐데요."

미나는 긴장한 목소리로 대답했다.

"그건 가져봐야 아는 거잖아?"

바사가 보석을 하늘로 튕겼다가, 한 손으로 정확하게 잡았다. 보석을 던지고 받는 와중에도 시선을 시우에게서 떼지 않았다.

"저 보석을 가지고 싶다면, 당신의 손에 직접 피를 묻혀야 할 거예요. 손을 더럽히는 건 극도로 싫어하지 않나요?"

그 말에, 바사가 미소를 지으며 손바닥을 펼쳤다. 그러자 강한 바람이 밀려와 시우의 몸을 당겨냈다. 눈 깜짝할 사이에 벌어진 일이었다. 시우는 바사의 바로 앞으로 밀려갔다. 오만한 표정으로 자신을 내려다보는 바사를 시우가 힘겹게 올려다보았다.

바사가 손을 뻗어 시우의 눈가를 매만졌다. 시우의 눈꺼풀이 파르르 떨렸다. 힘겹게 입술을 벌렸지만, 목소리는 새어 나오지 못했다.

미나가 겉옷 주머니에 넣은 손을 천천히 꺼내고 있었다. 미나의 손에 쥔 칼의 금박 손잡이가 주머니 위로 얼핏 보였다. 시우의 얼굴을 매만지는 바사가 천진한 미소를 입가에 담았다.

"아무래도 내가 가져야겠…"

타악—

시우가 바사의 손을 쳐냈다. 시우는 입술을 열어 간신히 목소리를 내보냈다.

"…치워요."

막상 말을 했지만, 목소리는 바들바들 떨고 있었다.

"당신한테 줄 생각 없으니까."

미나는 금방 기절이라도 할 것 같은 얼굴이었다. 얼굴에 핏기가 사라진 미나가 가만히 선 채 아무 말도 하지 못했다. 바사의 얼굴에서 미소가 걷혔다.

"건방지군."

바사의 입술에서 나온 소리는 이전과 달랐다. 아이인 동시에 노인의 소리 같았다. 이토록 차가운 소리를 낼 수 있는 사람이 세상에 존재할 수 있을까. 한마디 했을 뿐인데 공기가 얼어붙은 것처럼 추웠다.

"적당히 데리고 놀다가 보내주려고 했는데 말이야."

바사가 입가에 조소를 띄웠다.

"마음이 바뀌었어."

바사는 엄지와 검지를 부딪쳐 손가락을 튕겼다. 그러자 벽에 걸린 거울이 산산이 조각나 부서졌다. 깨진 파편이 바닥에 고운 가루가 되어 쌓였다.

우리는 어떻게 돌아가지? 당황한 내가 미나를 바라보았다. 미나의 어깨가 흔들렸다. 바사, 정확히 그의 목을 향해 미나가 단도를 뽑아 던졌다.

"도망쳐!"

미나의 목소리와 동시에 나는 뒤돌아 뛰었다. 거울이 깨졌으니 문은 하나밖에 없었다. 문을 열기 전, 뒤를 돌아보았을 때 칼을 쥔 바사와 달려오는 시우가 보였다. 미나가 문을 양손으로 세게 밀었다. 물에 젖은 바람이 한가득 몰려왔다. 미나가 나와 시우를 문밖으로 밀어냈다.

미나에게 떠밀린 나는 문을 벗어나자마자 넘어졌다. 어둠 속에서 뺨에 딱딱한 감촉이 느껴졌다. 흙 알갱이가 입 안에서 씹혔다. 바람에 섞인 모래가 날아와 뺨을 때렸다. 머리카락이 사방으로 휘날렸다. 나는 뒤돌아 방금 나온 곳을 돌아보았다. 그곳에는 문만 있을 뿐, 아무런 건물도 보이지 않았다. 마치 어둠 속에 버려진 문처럼.

"여긴 어디야?"

닫힌 문을 바라보다 시우가 물었다.

"홀로그램 바다."

미나는 바람을 맞으며 앞서 걸어갔다. 멀리서 불빛이 흐릿하게 보였다.

"배를 타는 동안 조용히 있어. 홀로그램 속에 갇혀 죽고 싶지 않으면."

쏴아아, 파도가 내리치는 소리가 들렸다. 검은 땅에 돌들이 솟아나 있었다. 자리에서 일어나 보니, 돌로 된 땅이었다. 울퉁불퉁한 땅 아래 바다가 광활하게 펼쳐졌다. 미나는 어스름히 비치는 불빛을 향해 내려갔다. 시우가 먼저 돌을 딛고 내려가 내게 손을 내밀었다. 나는 시우의 도움을 받아 조심히 돌 위에 내려섰다.

크기가 다른 돌들 사이로 텅 빈 어둠이 고여있었다. 그 사이에 빠지면 결코 벗어날 수 없을 것만 같았다. 미나는 거침없이 내려갈 뿐이었다. 시우는 계속 뒤돌아보며 내가 따라오는 걸 확인했다. 나는 시우의 등을 응시하며 걸어 내려갔다. 때때로 미끄러질 것 같을 때면, 시우의 옷깃을 붙잡았다.

바다 앞까지 내려왔을 때, 멀리서 비추던 불빛이 무언지 그제야 알 수 있었다. 작은 나룻배였다. 배의 앞쪽에 달린 푸른 등불이 바람에 깜빡이며 흔들렸다.

"설마 이걸 타는 건 아니지?"

"이 방법밖에 없어."

미나는 먼저 발을 내디뎌 배 안으로 올라섰다.

"저 바다를 이 배로 건너자고?"

시우의 시선을 따라 바다를 바라보았다. 발아래에서 바다가 거칠게 요동쳤다. 세상의 모든 소리가 파도에 묻히는 것 같았다. 서로의 소리가 잘 들리지 않아 우리는 얼굴을 가까이 댄 채 목소리를 높여 말해야 했다.

"바사의 약국으로 돌아가고 싶어?"

"쫓아오지 않잖아. 다른 방법을 찾으면…"

"일부러 풀어준 거야."

"일부러 풀어줬다고?"

나는 이해할 수 없었다.

"바사는 자신의 손에 피를 묻히지 않아. 그저 지켜보며 즐길 뿐."

미나는 배에 묶인 밧줄을 풀기 시작했다.

"어서 타."

마지막 줄을 풀기 전, 미나가 나와 시우를 올려다보았다. 시우가 먼저 배 안으로 발을 뻗었다. 기우뚱 기운 배 아래 파도가 넘칠 것만 같았다. 나는 시커먼 물을 바라보다 시우의 손을 잡았다. 시우가 나를 배 안쪽으로 부드럽게 끌어당겼다.

"꽉 잡아."

마지막 밧줄을 풀며 미나가 말했다. 배가 물 위로 떠올랐다. 물살을 타고 앞으로 나아가기 시작했다. 나는 손잡이를 힘주어 잡았다. 배가 요동칠 때마다 날아오는 바닷물이 얼굴을 적셨다. 짠 소금기가 입 안에 고였다. 물살과 바람과 어지러운 어둠 속으로 배는 계속 나아갔다.

"별들이 바닷속에 엉켜있는 것 같아."

검은 물속을 들여다보며 내가 중얼거렸다. 가만히 옆에서 지켜보던 시우도 내 시선을 따라 물속을 바라보았다. 물에 비친 별빛이 어지럽게 반짝였다. 물살이 흔들릴 때마다 빛도 춤을 추듯 유영했다. 밀려오는 물결이 배에 부딪혀 하얀 거품을 만들어내며 사라져 갔다. 나는 손을 뻗어 거품을 만져보았다. 부드럽고 차가운 거품이 손안에서 흘러내려 바다로 돌아갔다.

"불길해. 지나치게 조용해."

앞에 앉은 미나가 천천히 노를 저으며 말했다.

"지금은 안전한 것 같은데."

나는 황홀한 표정으로 중얼거렸다. 미나는 멀리 내다보며 고개를 저었다. 생각이 많은 표정이었다.

"홀로그램 속으로 들어간 자는 시험을 받아."

미나는 힘없이 시선을 내렸다.

"시험?"

"어떤 시험을 받는지는 몰라. 통과하는 사람은 살려주지만, 통과하지 못하면 영원히 갇히게 되지. 긴 세월 동안 홀로그램을 겪고도 살아남은 사람은 두 명밖에 없었어."

"그게 누군데?"

"도선생과 새소년."

도선생은 한 번에 납득이 갔지만, 새소년은 어떻게 살아남을 수 있었던 걸까. 나는 새소년을 떠올렸다. 노련해 보이는 웃음과 여유로운 태도로 뒤에 어떤 무기를 감추고 있는지 알 수 없었다.

"방법이 있겠지."

대수롭지 않게 대답하며 시우가 주머니에서 알록달록한 사탕을 꺼냈다. 그 모습을 본 미나의 얼굴이 새파랗게 질렸다.

"그게 뭐야?"

"약국에 있었어."

시우가 태연하게 대답했다.

"설마, 훔친 건 아니지?"

시우는 대답 없이 사탕 껍질을 벗길 뿐이었다.

"너, 진짜…!"

울 것 같은 얼굴로 미나가 사탕을 뺏었다.

"사탕 몇 개 가져온 것뿐이야. 눈치도 못 챌 거라고."

시우가 어깨를 으쓱했다. 그 순간 배가 흔들렸다. 시우 쪽으로 몸을 숙인 미나의 몸이 반대편으로 내동댕이쳐졌다. 나는 몸을 숙이며 손잡이를 쥐었다. 뜯긴 배의 파편이 날아와 손가락에 박혔다. 입술 사이로 비명이 새어 나왔다.

휘몰아치는 바람에 겨우 눈을 뜨는데, 바다 위로 신비로운 빛이 넘실거리며 떠있었다. 연둣빛과 보랏빛을 넘나드는 색은 묘하게 아름다웠다. 광활한 바다와 어울리지 않는 미지, 다른 세계로 빨려 들어가 버릴 것처럼.

"홀로그램이야!"

배가 파도에 금방이라도 으스러질 것 같았다. 배를 붙잡으며 미나가 소리쳤다.

"저게 우리를 집어삼키기 전에 가야 해."

"어디로?"

"나도 몰라. 우선 훔쳐 온 것부터 버려!"

미나의 말에, 시우는 주머니에 감춰둔 사탕들을 털어냈다. 파도는 멈추지 않았다. 나는 손가락에 박힌 파편을 빼내기 위해 한쪽 손을 배에서 뗐다. 그 순간, 파도가 나를 덮쳤다.

"으악!"

나는 그대로 물속으로 들어갔다. 눈과 코 그리고 입에 물이 사정없이 들어왔다. 아무리 손을 휘저어도 거센 물에 파묻힐 뿐이었다. 죽는 걸까? 엄마가 걱정할 텐데. 나는 한 손을 위태롭게 배를 잡고 있었다. 금방이라도 파도에 휩쓸려 떨어질 것 같았다.

나를 향해 시우가 손을 뻗었다. 그 손을 잡기 위해 나도 손을 뻗었다. 그 순간, 무언가 뜨거운 것이 등 뒤로 빠르게 다가왔다. 마치 오래전부터 나를 기다리고 있었다는 듯, 강렬하게 나를 끌어당겼다.

사랑하는 나의 딸.

나는 오래전 들었던 목소리를 떠올렸다. 고개를 돌려 목소리의 주인을 찾기 위해 애썼지만, 빛이 너무 거대해 눈을 뜰 수 없었다. 황홀한 빛과 파도, 시린 바람, 그리고 아빠의 품이 온기 사이로 어렴풋이 느껴졌다.

* * *

익숙한 풍경이 펼쳐졌다. 오랫동안 잊으려고 노력했던 장면이었다. 나는 눈을 크게 뜨며 내가 처한 상황을 이해하려 애썼다. 나는 작아져 있었다. 열 살의 어린아이가 되어 한 손에 아이스크림을 들고 있었다. 나는 자연스럽게 아이스크림을 베어 물었다. 달짝지근한 맛이 혀끝에 길게 남았다.

뒤를 돌자 나를 향해 걸어오는 엄마와 아빠가 보였다. 엄마? 아빠? 내가 여기서 무슨 말을 했더라. 나는 입술에서 흘러나오는 말을 참고 싶었지만, 내 의지와 다르게 말이 멋대로 튀어나왔다.

"나도 과자 먹고 싶어."

"아이스크림 먹고 있잖아. 과자는 다음에 사줄게."

"싫어. 나도 먹을래. 둘 다 먹을 거야."

"다음에 사준다고 했지, 엄마가."

"싫어. 지금 먹고 싶단 말이야."

나는 불길한 예감이 들었다. 턱 끝까지 차오른 말이 있었는데, 기억나지 않았다. 아, 나는 여기서 어떻게 말해야 하지? 지금 괜찮은 건가? 이 상황을 겪었던 것 같은데.

아이스크림 덩어리가 흘러내려 땅에 툭 떨어졌다. 나는 빈 콘을 든 채로 울상을 지었다. 아빠가 어린 나를 벤치에 앉힌 뒤 엄마에게 말했다.

"내가 사 올게. 여기서 은후랑 기다려."

엄마는 한숨을 내쉬며 고개를 끄덕였다. 나는 벤치에 앉아 발을 흔들며 아빠를 기다렸다. 잠시 후 과자봉지를 손에 들고 횡단보도를 건너는 아빠가 보였다. 아빠를 부르기 위해 내가 손을 올렸다.

"아빠!"

횡단보도를 걷던 아빠가 내게 손을 흔들어 주었다. 그 순간, 시간이 느리게 흐르는 기분이 들었다. 엄마가 손에 쥐고 있던 핸드폰을 떨어뜨렸다. 나를 향해 웃는 아빠가, 오른쪽을 돌아보았다. 커다란 트럭이 아빠 가까이 있었다. 트럭은 멈추지 않았다.

트럭이 아빠를 덮쳤다. 또 반복되었다. 시간을 되돌려 달라고 그토록 빌었는데. 신이 있다면, 부디 그날로 돌아가게 해달라고. 내 목숨을 걸어서라도 그날 아빠가 세상을 떠나게 두면 안 되었는데.

피가 흘러나와 아스팔트를 적셨다. 엄마가 울부짖으며 나를 끌어안았다. 나는 엄마에게 안긴 채 땅에 쓰러진 아빠를 막연히 바라보았다. 엄마가 젖은 손으로 내 시야를 막았다.

되돌려야 했다. 나는 엄마의 손을 밀어낸 후 아빠를 향해 걸어갔다. 횡단보도가 무너지고 있었다. 다시 한번 시곗바늘이 움직였다. 세계가 날카롭게 조각나더니, 천천히 맞춰졌다. 어지러움 속에서 내가 눈을 감았다가, 다시 떴다.

안락한 햇살이 내리쬐는 공원 앞이었다. 나는 한 손에 아이스크림을 들고 있었다. 눈앞에 엄마와 아빠가 보였다. 아빠가 나를 향해 미소를 지었다.

"아빠?"

나는 아빠를 향해 달려들었다. 아빠의 품속에 안기자 아빠가 따뜻한 팔로 나를 안아주었다.

"왜 이래. 칠칠맞게."

엄마가, 아빠에게서 나를 떼어내며 말했다. 아빠의 셔츠에 아이스크림 덩어리가 묻어났다. 체리색 얼룩이 셔츠 위로 흘러내렸다.

"잠깐 닦고 올게."

그렇게 말한 후 아빠가 뒤돌아 걷기 시작했다. 가지 마, 아빠. 입술을 벌렸지만 목소리가 나오지 않았다. 나는 양손으로 목을 매만졌다. 아빠를 향해 발이 움직이지 않았다. 횡단보도를 건너는 아빠를 향해 택시가 돌진했다. 시간은 또 한 번 느리게 흐른다. 아빠의 몸이 택시에 튕겨 나갔다. 나는 그제야 입술을 움직였다.

"…아빠."

피범벅이 된 아빠의 옆얼굴이 보였다. 엄마가 비명을 지르며 주저앉았다. 다시 돌아가야 했다. 세계가 다시 한번 무너져 내리기 시작했다. 암흑 속에서 나는 시간이 되돌아가기를 기다렸다. 영원히 반복할지라도, 포기할 수 없었다. 다른 결론이 나올 때까지 나는 돌아가야 했다.

세계의 조각이 다시 맞춰지던 그때, 하늘에서 무언가 천천히 내려왔다. 작은 구슬 같은 것이. 그것을 향해 나는 걸어갔다. 가까이 다가가 살펴보니, 사탕이었다. 알록달록한 사탕, 이걸 어디서 봤는데. 그제야 나는 시우와 미나를 기억해 냈다. 바사의 약국과 내가 겪은 모든 일들을. 눈물이 차올랐다. 나는 입술을 열어 힘겹게 말했다.

"이건 허상이야."

그 순간, 맞춰지던 세계가 정지했다. 마치 거울이 깨지듯 세계가 천천히 조각나 내려앉았다. 암흑이 끝없이 펼쳐졌다. 수천 개, 혹은 그 이상의 화면이 깜빡이며 암흑 가운데 떠있었다. 나는 걸어가 화면을 들여다보았다.

내가 과거에 겪었을 기회들이 화면 안에 하나씩 담겨있었다. 방금 겪은 장면은 이들 중 하나였을 것이다. 이 많은 시간 속 우리 가족이 행복하게 사는 시간은 없는 걸까? 찾아보고 싶었다.

나는 영원한 굴레 속에 갇혔다는 사실을 깨달았다. 여기서 나
갈 수 없을 것이다. 장면이 바뀔 때마다 나는 현실이라고 생각
하겠지. 꿈속의 꿈속의 꿈. 영원히 반복되는 악몽처럼. 미나는
도선생과 새소년이 홀로그램에서 살아남았다고 그랬다. 도선생
은 어떻게 살아남았을까? 새소년은?

나는 주변을 둘러보았다. 끝없이 펼쳐진 화면들이 어지럽게
느껴졌다. 벗어나고 싶었다. 환상이 아니라 현실의 엄마에게 돌
아가야 했다. 나는 고개를 들어 텅 빈 우주의 끝을 바라보았다.

"나를 빼내줘요, 바사."

분명히 보고 있을 터였다. 안에 갇힌 나를 보며 즐기고 있을
테니까.

"나는 당신이 원하는 것을 줄 수 있어요. 당신과 거래하고 싶
어요."

후드득, 세계가 다시 한번 깨진다. 가장자리부터 조심스럽게,
우아한 허상의 세계가 영원 속으로 사라진다.

* * *

바사는 같은 자리에 앉아 나를 내려다보았다. 바사 옆에 놓인
사탕 껍질과 그의 뒤로 보이는 진열장까지, 처음 그대로였다.

나는 바닥에 무릎을 꿇은 채 구역질을 해댔다. 폐에 들어찬 바닷물을 뱉어내자 피가 섞여 나왔다. 가쁘게 숨을 내쉬며 고개를 들었다. 처음과 같은 오만한 표정으로 바사가 나를 바라보았다. 분명 미나가 그의 목을 향해 단도를 던졌는데, 옷깃조차 스치지 못한 것 같았다.

"설마 장난감에 베이기라도 할 줄 알았어? 이래 보여도 약사야. 식물학교 차석 졸업생이라고."

내 마음을 읽은 것처럼 바사가 말했다.

"이제 말해봐. 너는 내게 무엇을 줄 수 있지?"

바사가 따분한 표정을 지으며 물었다.

"…"

"허풍이었던 건가."

바사는 그럴 줄 알았다는 듯 턱을 괴었다. 나는 빠르게 생각해내야 했다. 새소년이라면, 이 상황에서 바사를 어떻게 회유했을까. 나는 바사를 올려다봤다.

"붉은 보석을 가져다 드릴게요."

바사는 웃음을 터트렸다.

"설마 내가 그 보석에 흥미를 느꼈다고 생각하는 거야? 살아있는 인간의 눈에서 직접 뽑는 희열을 느끼고 싶었을 뿐이야. 그 인간을 데려온다면 또 모르지."

나는 침을 삼켰다. 시우를 데려온다고 해야 할까. 지금 이곳을 빠져나가기 위해서. 우선 거짓말로 상황만 모면한 다음 안 오면 그만이잖아. 바사의 날카로운 시선이 나를 향하고 있었다. 나는 힘겹게 입을 열었다.

"…데려올게요."

바사가 입꼬리를 올려 웃었다. 흡족한 얼굴을 살짝 뒤로 젖힌 얼굴이 아름다웠다.

쨍그랑-

바사가 던진 단도가 내 앞에서 나뒹굴었다. 바사는 턱 끝으로 단도를 가리켰다. 미나의 단도였다.

"피의 맹세를 해."

나는 단도를 줍지 못한 채 망설였다.

"그 아이를 데려오지 않는다면, 너는 죽을 거야."

그의 말이 칼보다 시리게 느껴졌다. 나는 덜덜덜 떨리는 손으로 단도를 들었다. 단도를 쥐었지만, 마음을 진정할 수 없었다. 잠시 주저하다가 왼손 손가락 끝을 단도로 살짝 찔렀다. 동그란 핏방울이 맺혔다. 고개를 들어 바사를 바라보았지만, 성에 안 차는 얼굴이었다. 나는 눈을 꼭 감은 다음 단도로 손가락 끝을 스쳤다. 검붉은 피가 후드득 바닥으로 떨어졌다. 나는 인상을 찌그리며 바닥에 묻은 피를 내려다보았다. 아팠다.

바닥에 떨어진 피가 하나로 모이더니, 동그랗게 말려 구슬의 형상이 만들어졌다. 구슬은 빠르게 굴러가 바사의 손안으로 들어갔다. 바사는 펼쳐진 사탕 껍질을 들어 구슬을 감쌌다. 그러니 영락없는 사탕처럼 보였다.

바사 옆 유리통 안에 이미 색색의 사탕들이 들어있었다. 나의 피가 담긴 사탕을 유리병 속에 넣은 후 바사가 한 번의 손길로 섞었다. 어느 것이 나의 맹세인지 알아볼 수 없도록.

"네 목숨은 내가 가지고 있어. 이 사탕을 전부 먹기 전에 데려와야 할 거야."

나는 고개를 끄덕였다. 상처를 손으로 감쌌지만, 피는 쉽사리 멈추지 않았다. 어쩌면 영원히 멈추지 않을 것 같았다. 바사가 오만한 웃음을 지었다.

"이제 보내주지. 피를 흘렸으니 거울을 통해서 가도록."

선심 쓰듯 말하며 바사가 손가락을 튕겼다. 고운 가루가 되어 땅에 쌓인 거울 파편이, 퍼즐이 맞춰지듯 움직여 거울 속으로 자리를 찾아 들어갔다. 마치 아무런 일도 없었던 것처럼.

나는 땅을 짚고 일어나 거울 앞으로 걸어갔다. 심장이 빠르게 뛰었다. 거울에 손바닥을 댄 후 심호흡을 했다. 거울 속으로 들어가려는 나를 향해 바사가 마지막 말을 건넸다.

"참고로 나는 사탕을 매일 먹어. 알아두라고."

6. 엄마

"너, 어제 몇 시에 들어왔어?"

차악, 커튼이 걷히는 소리와 함께 햇살이 방 안으로 들어왔다. 나는 눈살을 찌푸리며 이불을 끌어안았다.

"혜지랑 스터디카페에서 공부하느라… 늦었어."

나는 무거운 눈꺼풀을 올려 엄마를 바라보았다.

"무리하지 마. 몸만 피곤하지."

엄마의 무심한 대답에, 나는 고개를 끄덕이며 기지개를 켰다. 기절하듯 잠에 빠져든 후, 일어나자 똑같은 하루가 시작되었다. 오늘은 주말이라 학교에 갈 필요가 없었다. 그 말은, 보름달 안과에 갈 필요도 없다는 뜻이다. 몸이 지쳐서 쉬고 싶은 마음이 컸지만, 주말에는 엄마 대신 헌책방에 가야 했다. 매일 일하는 엄마가 쉴 수 있는 날은 내가 대신 일하는 주말이었다.

"힘들면 엄마가 갈까?"

"아니야. 엄마는 쉬어."

나는 몸을 일으켜 졸린 눈을 비볐다. 옷을 갈아입으며 거울 속을 들여다보았다. 얼굴은 평소와 다르지 않았다. 불과 몇 시간 전에 바사의 약국에 다녀온 사실이 믿기지 않았다. 마치 오래전에 꾼 꿈처럼 비현실적으로 느껴졌다.

손가락을 활짝 펴보았다. 단도에 찔린 상처가 왼손 검지에 보였다. 바사는 시우를 데려오라고 했다. 그 사실을 떠올리자 마음에 돌덩어리가 얹힌 듯 불편해졌다.

어젯밤 거울을 통과해 보름달 안과로 돌아왔을 때, 시우와 미나가 나를 기다리고 있었다. 할 수 있는 것이 없었다고 말하며 미나는 울먹였다.

시우의 눈은 더 이상 붉게 물들기를 멈추었다. 바사의 약국에 다녀온 이후로 악화되지 않는 것 같다고 시우가 말했다. 자세한 부분은 도선생이 돌아오면 물어봐야 할 것 같다고 이야기하는 미나의 표정이 신중했다.

나는 바사와 한 피의 계약에 대해 말할 수 없었다. 무슨 일이 있었냐고 묻는 시우와 미나에게 오늘은 피곤하니 다음에 말해주겠다고 말한 뒤 집으로 돌아왔다. 시우와 미나는 더 이상 말을 하지 않은 채 나를 보내주었다.

헌책방에 도착한 나는 문을 연 후 청소를 시작했다. 빗자루를 들어 바닥을 쓸고, 책상 위에 어질러진 과자봉지를 쓰레기통에 버렸다. 간혹 흐트러진 책이 있으면 순서에 맞게 꽂아두었다. 책들은 주제에 따라 정리되었다. 책장에 꽂힌 책들은 꽤 깔끔해 보였지만, 구석에 놓인 헌 상자 속 책들은 몹시 낡아 보였다.

세월이 얼마나 흘렀는지 가늠조차 되지 않는 서적들을 엄마는 때때로 사다가 상자 속에 모아두었다. 저렇게 낡은 책을 누가 사 가냐고 핀잔을 줄 때면, 엄마는 사 갈 사람이 있다고 단조롭게 대답할 뿐이었다. 역시나 오늘도 헌 상자 속 채워진 책들이 보였다. 책에 쌓인 먼지를 털어낸 뒤 자리에 앉아 가져온 문제집을 꺼냈다.

주말의 오후는 평화로웠다. 문 너머로 걸어가는 사람들의 그림자가 스쳐 보였다. 가끔씩 울리는 자동차 소리를 제외하면 세상은 온통 조용했다. 샤프를 딸깍거리며 문제집을 풀어나가기 시작했다.

헌책방에서는 호흡이 짧은 수학 문제를 푸는 편이 좋았다. 긴 지문을 읽으면, 손님이 올 때마다 흐름이 깨질 수 있기 때문이다. 페이지의 마지막 문제를 푼 후 기지개를 켰다. 주말임에도 사람이 별로 없었다. 비가 와서인지도 몰랐다. 나는 고개를 들어 불투명한 문밖을 바라보았다. 문제를 푸는 동안 빗방울이 하나둘 떨어지더니 어느새 요란하게 비가 퍼붓고 있었다.

해가 저물고 밖이 서서히 어두워지기 시작했다. 벌써 저녁 시간이었다. 평소에는 편의점에서 삼각김밥이나 샌드위치를 사다 먹는데, 입맛이 없어서 자리에 앉아 딸기우유만 마셨다. 나는 다 마신 딸기우유 팩을 납작하게 만들어 쓰레기통에 버렸다.

종일 온 손님이라고는 절판된 책을 찾으러 온 두어 명밖에 없었다. 엷은 한숨을 내쉬며 시계를 바라보았다. 벌써 문 닫을 시간이었다. 점점 손님이 줄어드는 게 확연히 느껴졌다. 비가 와서라고 믿고 싶지만, 날씨가 좋았더라도 별반 다르지 않을 것이다. 나는 구석에 놓인 우산을 들고 헌책방을 나섰다.

쿵-

헌책방 문을 잠그려던 때, 둔탁한 소리가 들렸다. 소리가 난 쪽으로 고개를 돌렸다. 무언가 검은 물체가 하늘에서 떨어졌다. 멀지 않은 곳에서 땅에 철퍼덕 부딪히는 소리가 들렸다. 곧이어 신음이 흘러나왔다. 잠시 귀 기울이다가 소리 난 곳을 향해 걸어갔다. 일어서기 위해 몸부림치는 소리가 들리다가, 사라졌다. 나는 긴장을 놓지 않은 채 골목길로 들어갔다.

커다랗고 검은 형체가 바닥 위로 보였다. 그 검은 형체가 희미하게 떨리고 있다는 사실을 곧 깨달았다. 한 걸음 다가가니 검은 코트 깃 사이로 살색이 얼핏 보였다. 창백하다 못해 유령처럼 허연 그의 얼굴이 눈에 들어왔다. 나는 한동안 입술을 벌린 채 아무 말도 하지 못했다.

"…도선생?"

말을 뱉은 후에야 정신을 차리고 그에게 달려갔다. 바닥에 무참히 쓰러져 있는 도선생 가까이 무릎을 꿇고 앉았다. 도선생의 밑으로 흘러내리는 검붉은 액체를 확인한 나는 숨을 참았다. 피를 너무 많이 쏟고 있었다. 가까이서 보니 상태가 심각했다. 코트에 싸인 그의 몸을 확인하기 두려웠다. 그의 코트를 조심스럽게 쥐었다.

"병원에… 아니, 응급차를…"

떨리는 목소리로 말하며 주변을 둘러보았다. 그때 도선생이 차가운 손으로 내 손목을 붙들었다.

"부르지 마."

"하지만…"

나는 안절부절못한 채 머뭇거렸다. 그런 나를 응시하는 도선생의 눈빛이 확고했다.

"괜찮아."

작지만 단단한 목소리였다. 도선생은 나를 잡은 손을 풀어 바닥을 짚은 뒤 일어서려고 했다. 벽에 기대 겨우 고개를 든 그의 눈동자에 희미한 빛이 일렁였다. 몸은 힘들어도 정신력으로 버티는 것 같았다.

　도선생이 똑바로 설 수 있도록 팔을 지탱해 주었다. 도선생은 몇 발짝 가지 못한 채 비틀거리며 다시 벽에 기댔다. 엷은 숨을 내쉬는 도선생의 뺨에 핏자국이 묻어있었다. 희미한 달빛을 받은 도선생의 입술이 파르르 떨렸다. 도선생의 머리카락이 피에 젖어 보였다. 내게 기댄 도선생의 몸이 뜨거웠다.

　"몸을 숨겨야 해."

　도선생이 희미한 목소리로 말했다.

* * *

　나는 불안한 얼굴로 문밖을 내다보았다. 빗방울이 점차 굵어지기 시작했다. 당장 비를 피할 장소가 이곳밖에 생각나지 않았다. 시선을 내려 도선생을 바라보았다.

　도선생은 책장에 기대앉아 숨을 거칠게 내쉬고 있었다. 걸어오느라 힘을 많이 쏟았는지 눈을 감은 채 몸을 추슬렀다. 빗물 섞인 피가 코트에서 떨어져 바닥을 적셨다. 도선생에게 수건을 가져다주었지만, 피는 멎지 않았다.

　"아무래도 병원에 가보는 게…"

"소용없어."

도선생이 눈을 떠 나를 바라보았다.

"몸이 회복할 때까지 시간이 필요할 뿐이야."

도선생의 눈빛이 너무나 확고해서 아무 말도 하지 못했다.

"그럼 미나에게 말해서 약초라도…"

도선생이 얼굴에 희미한 웃음을 띠었다.

"미나에게는 말하지 마."

그럼 도대체 어떻게 해야 하는 걸까. 심각한 얼굴로 서있는 내게 도선생이 희미한 웃음을 지어주었다. 아픈 사람치고는 꽤 여유로워 보이는 웃음이었다.

"비가 그칠 때까지만 여기 있을게."

도선생이 해답을 내려주었다. 그저 잠시 비를 피하기만 하면 된다는 뜻이다. 하지만, 피를 흘리는 도선생을 보고만 있기 괴로웠다. 아무리 고통을 잘 참는 사람이라고 해도 저 정도로 피를 흘리는데 분명 괴로울 것이다. 도선생의 코트 안에 어떤 상처가 있을지 상상하자 저절로 눈살이 찌푸려졌다.

"보름달 안과에서 멀리 가려고 했는데, 거울 좌표를 잘못 설정해서 가까운 데로 떨어졌어. 치명상을 입어서 걷는 데 한계가 있었고. 사람들 눈에 띄기 전에 너를 만나 다행이야."

도선생은 숨을 고른 후 차분히 말을 이었다.

"걱정하지 마. 별일 아니니까. 남들의 시선에 띄고 싶지 않아서 멀리 가려고 했던 것뿐이야. 이렇게 너를 만나게 되었으니 부탁 좀 할게. 아무에게도 말하지 말아줘."

나는 얼굴 가득 물음표를 띄운 채 도선생의 말을 들었다. 그런 내 마음을 읽은 것처럼 도선생이 말했다.

"물어봐도 돼."

나는 손을 포갠 채 만지작거리며 눈치를 보았다.

"누가, 그런 거예요?"

처음부터 묻고 싶었던 질문이었다. 도대체 누가 이렇게까지 한 것인지. 몸 안쪽을 깊숙이 다친 것 같은데, 원한을 산 사람이 있는 걸까? 내 질문을 예상했다는 듯이 도선생이 다시 입을 열었다.

"내가 스스로 한 거야."

대답을 이해하지 못한 내가 눈을 깜빡였다.

"내가 결심한 운명이야. 그러니 내가 감당해야지."

미나는 도선생이 두어 달에 한 번씩 다쳐서 온다고 그랬다. 도대체 어떤 운명이길래 이토록 혹독하게 다치는 걸까. 궁금했지만 더 이상 물을 수 없었다. 비는 멈출 기미가 보이지 않았다. 새 수건을 가져와 도선생 앞에 쪼그리고 앉았다.

"수건을 바꿔드릴게요."

안쪽에 대고 있던 수건을 도선생이 코트 밖으로 꺼냈다. 붉어진 수건에서 피가 뚝뚝 떨어져 내렸다. 경악한 표정을 숨기지 못한 채 수건을 받았다. 손바닥에 닿는 수건의 감촉이 축축했다.

"손가락은 왜 그래?"

도리어 도선생은 내가 걱정스럽다는 듯이 물었다. 검지 끝에 붙은 밴드를 가리듯이 손바닥을 오므렸다.

"아, 아니에요."

침묵이 흘렀다. 비 내리는 소리가 헌책방 안으로 비집고 들어왔다. 축축한 빗물과 비릿한 피 냄새가 엉킨 채 공기 중을 떠돌아다녔다. 나는 도선생 반대편 책장 앞에 쪼그리고 앉았다. 도선생은 생각에 잠긴 표정으로 문 너머를 내다보고 있었다.

"그런 운명이라면, 바꾸면 안 돼요?"

갑작스러운 질문에 도선생은 나를 바라보았다. 턱을 기울인 도선생을 향해 내가 말을 이었다.

"그렇게 다치는 운명이라면요. 도선생이라면 그럴 수 있잖아요."

도선생에게 불가능이란 없어 보였다. 적어도 미나에게 듣기론 그랬다. 이제껏 본 도선생도 모든 불가능을 완전한 기회로 바꿀 수 있는 사람이었다. 내 질문이 흥미롭다는 듯 도선생이 고개를 끄덕였다. 희미한 미소 뒤에 날이 서려있었다.

"어떤 사람들은, 비극임을 알고 선택하기도 해."

그 말에 이상하게 아빠가 떠올랐다. 기분 좋은 불행이라던 아빠의 말이. 누군가는 불행을 자의로 선택할지도 모른다. 도선생도 그런 걸까? 그는 기분 좋은 불행을 견디는 중인 걸까?

그때 종소리가 울렸다. 유리문을 밀고 누군가 헌책방으로 들어왔다. 반사적으로 일어나 문 쪽을 바라보았다. 이미 영업시간이 끝난 지 한참이라 손님이 올 리 없었다.

"엄마?"

예상치 못한 엄마의 등장에 나는 눈을 동그랗게 떴다.

"우산이 없을 것 같아서 왔는데…"

손에 우산 두 개를 든 엄마는 바닥에 앉아있는 도선생을 보더니 말을 잇지 못했다. 나는 긴장한 표정으로 눈을 굴렸다. 엄마에게 어떻게 설명해야 할지 고민하던 그때, 엄마가 도선생 가까이 걸어가 다리를 굽혀 앉았다.

"당신은…"

바닥에 흘린 피를 본 엄마의 얼굴이 경직되었다.

"오랜만이군요."

흐릿하게 웃으며 도선생이 대꾸했다.

"두 분이, 아는 사이세요?"

나는 눈을 동그랗게 뜨며 물었다.

"가끔 고서적을 구하러 여기에 왔었지. 헌책방에는, 남들이 발견하지 못한 보석 같은 책이 때때로 감춰져 있기도 하니까."

도선생의 설명에 엄마가 고개를 끄덕였다. 헌책방 구석에 쌓인, 언어를 알아볼 수 없는 고서적들을 엄마가 모은 이유가 이 때문이었을까. 나는 혼란스러운 표정으로 엄마와 도선생을 번갈아 보았다. 그런 나를 두고 엄마가 자연스럽게 말을 얹었다.

"웬 시커먼 남자가 맨날 의학서적을 찾나 했는데, 안과 의사였죠, 당신."

엄마의 엷은 눈빛이 과거를 회상하듯 흔들렸다.

"남의 눈은 치료해 주면서, 정작 본인의 몸은 왜… 어쩌다 이렇게…"

천천히 도선생을 살펴보던 엄마의 얼굴이 사색이 되었다.

"다쳤을 뿐이에요. 회복할 동안만 신세를 져야 할 것 같은데."

도선생은 대수롭지 않게 대꾸했다. 도선생을 잠시 바라보던 엄마가 서랍을 열고 응급상자를 꺼냈다. 마른 수건과 응급 상자를 들고 도선생 앞에 구부리고 앉았다. 도선생의 눈을 지그시 들여다보던 엄마가 의연히 말했다.

"상처 좀 보여줘요."

"괜찮아요. 어차피 저절로 나을 테니."

도선생은 단조롭게 말을 받았다.

"당장 눈앞에서 사람이 죽어가는데 어떻게 보고만 있어요? 비밀은 지킬 테니 걱정 마세요. 어차피 병원 가라고 해도 안 갈 거잖아."

엄마는 도선생의 상황에 대해 꼬치꼬치 캐물을 생각은 없어 보였다. 다만 굳은 눈빛으로 도선생을 바라보았다. 잠시 말이 없던 도선생이 두꺼운 코트를 들춰내자 셔츠 아래 움푹 파인 상처가 드러났다. 붉게 젖은 셔츠에서 비릿한 피 냄새가 흘러나왔다.

나는 고개를 돌렸다. 구역질이 나올 것만 같았다. 금방이라도 울음을 터트릴 것 같은 얼굴로 바닥을 응시했다. 마른 핏자국이 검게 엉켜 보였다. 상처를 확인한 엄마의 표정이 심각했다.

"아프겠다."

혀를 찬 뒤 엄마는 혼잣말처럼 중얼거렸다. 도선생이 피로한 얼굴로 쓸쓸한 미소를 지었다. 엄마는 능숙하게 치료를 시작했다. 상처 주변을 조심스럽게 닦아낸 뒤 소독약을 발랐다. 꽤 아플 법도 한데 도선생의 표정은 미동도 없었다. 약을 꼼꼼히 바른 후, 엄마가 붕대를 잘라내 상처에 붙였다.

"꿰매야 할 것 같은데… 지금은 응급처치만 했어요."

가만히 엄마를 지켜보던 도선생이 눈을 크게 떴다가, 곧 다시 가늘게 떴다.

"인간에게 치료를 받는 건 처음이군요."

도선생이 부드럽게 웃었다.

"치료를 받았으니, 대가를 드리죠."

그 말에, 엄마가 반응했다. 기대하지 못한 선물을 받은 듯한 얼굴이었다. 나는 엄마의 표정이 변하는 것을 알아차렸다. 도선생이 엄마의 얼굴 가까이 자신의 얼굴을 갖다 댔다. 그러고는 속삭이듯 무어라 중얼거렸다. 내겐 들리지 않았지만, 엄마는 무슨 말인지 곧바로 알아차린 것 같았다.

그 순간 엄마의 눈에 시퍼런 빛이 번쩍이며 동그란 원이 떠올랐다. 눈 양쪽에 새파란 문양이 그려졌다. 빠르고 유연한 빛이 춤을 추듯 휘어지며 엄마의 눈 위에서 빛났다.

"이게 뭐예요?"

나는 소스라치게 놀라 외쳤다. 엄마에게 가까이 가고 싶었지만, 묘연한 바람이 엄마 주변을 가로막고 있었다. 책장에 꽂힌 책들이 흔들렸다. 한 손으로 눈앞의 바람을 막은 채 엄마를 간신히 바라보았다. 도선생은 여유롭게 대답했다.

"치료를 시작하죠."

전등이 파드득 깜빡이다 꺼졌다. 암흑 속에서 엄마의 눈에 새겨진 문양이 강렬히 빛났다. 푸른 문장들 수천 개가 문양에서 흘러나와 허공에 떠돌아다녔다. 그 문장들이 어지러이 섞였다 흩어지기를 반복하면서 형상을 만들어 냈다. 꼭 암흑 속에서 우아한 빛의 춤을 보는 것처럼.

나는 곧 그 형상을 알아보았다. 그건 엄마였다. 엄마의 옆에 선 사람은 아빠였다. 그 둘이 암흑 속에서 빛을 뿌리며 나릿나릿 움직였다. 불완전하지만 아름다웠다.

엄마와 아빠가 함께 걸어가고, 포옹을 하고, 반짝이는 별들 아래 행복한 춤을 춘다. 엄마와 아빠가 걸을 때마다 살랑거리며 반짝이는 빛이 떨어졌다. 한 걸음씩 내딛는 우아한 춤에서 서로를 향한 애정이 느껴졌다.

곧이어 내가 태어난다. 볼록 튀어나온 엄마의 배 속에서 나온 내가 시간을 먹으며 천천히 자라난다. 물을 듬뿍 준 식물처럼 키가 커지는 나는 엄마와 아빠의 손을 하나씩 잡고 있다. 나는 그 모습을 아련히 지켜보았다. 오래전이지만, 분명 아빠와 함께 걸었던 날이 있었는데. 아빠는 내 손을 따뜻하게 잡아주었다. 그 생각을 하자 괜히 마음이 울컥해졌다.

푸른 환상 속의 아빠는, 사라지지 않는다. 기억 속의 존재처럼. 그 형상을 바라보던 도선생이 손바닥을 펼쳤다가 오므렸다. 그러자, 형상들이 모두 한곳에 모여 아름다운 구를 만들어 냈다. 겹쳐져 반짝이는 원형의 형태로 엄마의 눈앞까지 다가왔다.

엄마는 생생한 표정으로 형상을 바라보았다. 그 형상을 읽어 내는 것 같았다. 형상이 빛을 잃고 희미해질 때까지 엄마는 아빠와 함께한 추억을 읽어나갔다. 차츰 빛을 잃고 구가 사라졌을 때, 엄마의 눈동자에 푸른빛이 담겨있었다. 조심스럽게 엄마의 눈을 확인하며 도선생이 말했다.

"예전에 당신이 눈을 고쳐달라고 했을 때, 나는 그 대가로 남편과의 추억을 달라고 했죠. 하지만 당신은 제안을 거절했어요."

"그와 함께한 추억을 팔 바에는 차라리 눈을 포기하겠어요. 과거가 없는 삶에는, 현재도 미래도 있을 수 없으니까요."

엄마의 목소리는 어느 때보다도 단단했다. 매일 힘없어 보이던 엄마에게 저토록 강인한 모습이 있는 줄은 알지 못했다. 왠지 내가 알던 엄마와 다른 모습에 이질감을 느꼈다.

엄마가 강한 사람이라는 걸 왜 몰랐을까. 엄마는 세상을 감당하며 살아왔는데. 충분히 이겨내며 세상을 살아왔는데. 나를 그렇게 키워왔는데.

항상 내가 엄마를 지켜야 한다고 생각했다. 세상을 먼저 떠나간 아빠처럼 엄마가 어느 날 갑자기 사라져 버릴까 두려웠다. 내가 씩씩하게 살아야 엄마가 괜찮을 것 같았다.

엄마를 지키고 싶었다.

나를 지키기 위해서.

뺨을 타고 흘러내리는 온기가 느껴졌다. 눈물을 들키지 않기 위해 서둘러 뺨을 훔쳤다.

엄마가 나를 바라보았다. 엄마는 환히 웃었다. 저 웃음을 본 적이 있는데. 엄마의 얼굴을 한동안 들여다보다가 곧 그 웃음을 어디서 보았는지 깨달았다.

아빠가 떠난 날, 함께 공원에 놀러갔을 때 엄마는 찬연한 햇빛 아래 눈부시게 웃고 있었다. 그날 엄마는 행복해 보였다.

거대한 짐이 아니라, 꼭 햇살을 이고 있는 사람처럼.

7. 나무

　도선생은 아무 일도 없었던 것처럼 나를 대했다. 마치 도선생과 엄마의 만남은 없었던 것처럼. 보름달 안과의 일상은 다르지 않았다. 도선생이 시우의 눈을 꼼꼼히 들여다보았다.

　"아프진 않아요. 더 이상 붉어지지도 않고요."

　시우의 말에 도선생은 고개를 끄덕였다.

　"블러디 문의 작용이 무뎌졌어. 원래 블러디 문이 생기면 빠르게 진행되는데, 혹시 짐작 가는 일은 없어?"

　나는 곧바로 시우가 바사의 사탕을 삼킨 일을 떠올렸다. 말을 해야 할지를 고민하는데, 곁에서 미나가 먼저 대답했다.

　"아무 일도 없었어요."

　도선생은 이상하다는 듯 고개를 기울이며 시우의 눈을 계속

살폈다.

"그럼 이제 괜찮은 거예요?"

옆에서 마음 졸이며 지켜보던 내가 물었다. 도선생은 고개를 끄덕이며 일어나 거울이 걸린 벽 앞에 섰다. 거울을 고르는 도선생의 모습이 신중했다.

"바로 치료를 시작하지… 이게 좋겠군."

도선생은 붉은 테두리의 거울을 골랐다. 차가운 기운을 내뿜는 거울 표면에 붉은 점이 불규칙적으로 찍혀있었다. 도선생이 손으로 거울을 쓱 문질렀다. 거울이 깨끗해지나 싶더니 붉은 점이 도로 피어났다. 꽃이 만개하듯 작은 점이 천천히 주변으로 번졌다. 아름답지만, 기이했다.

"눈 좀."

도선생이 시우의 눈가에 거울을 들어 비추었다. 반짝, 암흑 속에서 커다란 달이 떠오른다. 몇 번을 보아도 적응할 수 없는 광경이었다. 나는 반짝이는 눈으로 은은한 달을 올려다보았다.

달의 표면 절반 정도가 붉게 덮여있었다. 그 모습이 꼭 붉은 꽃이 피고 지는 모습 같았다. 달의 나머지 부분이 너무도 하얘서 더욱 이질적으로 느껴졌다. 나는 달 가까이 다가갔다. 잉크가 번지듯 달의 붉은 표면에서 붉은 꽃이 피어났다 사라지기를 반복했다. 현란하고 수려한 움직임이었다. 이런 광경이라면, 아무리 해롭다 하더라도 잃기 싫을 것 같았다.

시우도 같은 마음일까? 시우는 입을 벌린 채 자신의 달을 바라보고 있었다. 시우의 눈에 말로 표현할 수 없는 감정이 묻어났다. 벅찬 것 같기도 하고, 울먹이는 것 같기도 했지만, 시우는 아무 말도 하지 않았다. 돋보기를 들고 달을 꼼꼼히 살피던 도선생이 미나를 향해 고개를 돌렸다.

"칼을 줘."

미나가 서랍에서 단도를 꺼내 도선생에게 건네주었다. 처음 보는 칼이었다. 칼집에 아무런 무늬도 없는 그 칼을 도선생이 한 번에 뽑아냈다. 섬세한 날이 달빛을 받아 푸르렀다.

나는 긴장한 표정으로 도선생을 지켜보았다. 설마 저 칼로 붉은빛을 도려내기라도 하는 걸까? 하지만 도선생은 칼을 자신의 손목에 갖다 댔다.

천천히, 손목을 긋는다. 도선생의 손목에서 핏방울이 뚝뚝 떨어져 내렸다. 그 피를 향해 도선생이 입술을 열어 알아들을 수 없는 언어 몇 마디를 내뱉었다. 도선생의 손목을 타고 흘러내린 핏방울이 하나둘 떠올라 달 속으로 빨려 들어가기 시작했다.

빨려 들어간 피는 달의 붉은 표면을 찬찬히 덮었다. 표면은 더욱 어두운 핏빛을 띠었다. 적색보다 흑에 가까운 색이 될 때쯤, 도선생이 달을 향해 뻗은 손을 거두었다.

피들이 서로 엉겨 새로운 반응이 일어나기 시작했다. 표면에서 비눗방울이 터지듯 펑, 하는 소리와 함께 작은 꽃 화산이 만들어 졌다가 터지기를 반복했다. 붉디붉은 화산에서 떨어진 피의 흔적들이 달의 표면으로 스며들어 희미한 자국을 만들어 냈다.

어느새 붉었던 절반의 달이 스르륵 흰색을 되찾았다. 붉은 얼룩이 묻은 하얀 달. 누가 보아도 달의 절반은 눈에 띌 정도로 불그스름했다.

미나가 깨끗한 손수건을 갖다 주자 도선생은 손수건을 반듯하게 접어 달을 닦아냈다. 빈틈없이 닦아내는 도선생의 손짓이 정교했다.

오랫동안 달을 닦아낸 도선생이 뒤돌아섰다. 내 시선은 저절로 도선생의 손목에 난 상처를 향했다. 시선을 알아차린 도선생이 단조롭게 말했다.

"피를 덮을 수 있는 건, 더 진한 피지."

이런 건 아무렇지도 않다는 듯 도선생이 가볍게 웃었다. 달의 표면에 남은 붉은 얼룩이 신경 쓰인 내가 물었다.

"아직 붉은 기가 남아있는데 괜찮은 거예요?"

"나머지는 네 몫이야."

도선생의 대답은 시우를 향했다. 도선생과 눈을 맞춘 시우가 골똘히 생각하는 표정을 지었다.

"앞으로 네가 하기에 따라 달라질 거야. 블러디 문이 되지 않도록 잘 살펴줘."

"…네."

시우가 눈을 깜빡이며 대답했다. 다시금 불이 켜졌다. 달이 사라지고 밝아진 가운데 나는 시우를 바라보았다. 시우의 눈에 서린 붉은 기가 깨끗이 지워져 있었다.

미나가 거울을 들어 시우에게 얼굴을 비추어 주었다. 믿기지 않는 듯 시우는 거울 속 자신의 눈을 한참 들여다보았다.

"자, 이제 값을 받아볼까?"

도선생의 말에 시우가 고개를 들었다. 도선생의 다음 말을 기다리며 나는 양손을 맞잡았다. 도선생이 시우에게 어떤 대가를 요구할지 불안했다.

"제가 얼마를 드리면 되죠?"

도선생의 입가에 냉담한 미소가 피어올랐다.

"내가 원하는 건, 너의 도벽이야."

"도벽이요?"

시우의 얼굴에 당혹감이 서렸다.

"앞으로 어디에서도, 무엇도 훔치지 마. 그것이 네 눈을 고쳐준 대가야."

시우는 섣불리 대답하지 못했다. 눈동자를 굴리던 시우가 눈치를 보며 중얼거리듯 말했다.

"…그럴게요."

도선생은 시우가 이렇게 말할 줄 알았다는 표정이었다.

"안약은 미나가 넣어줘."

미나가 안약을 가져와 시우의 눈 안에 넣어주었다. 할 일이 끝났다는 표정으로 도선생이 걸어가 거울을 벽에 도로 걸었다. 나는 조용히 다가가 미나 가까이 섰다. 아까부터 이상하게 꺼림칙한 기분이 사라지지 않았다. 오래 망설이다 물었다.

"저… 시우가 먹은 그 사탕이라는 게…"

미나가 뒤돌아 나를 바라보았다. 머뭇거리며 말을 이었다.

"그 사탕이… 그러니까, 누군가의 피…."

"맞아."

미나는 냉담하게 내 말을 끊었다.

"정확히 말하면 누군가의 영혼이지. 시우가 괜찮아진 건, 그 영혼의 생명력을 얻었기 때문이야."

"그럼, 그 영혼의 주인은 어떻게 돼?"

"이제 세상에 존재하지 않을 거야."

미나는 담담한 목소리로 대답했다. 나는 들고 있던 컵을 놓쳤다. 불안함을 숨기기 위해 억지로 미소를 지었지만, 손이 떨렸다.

"왜 그래?"

시우가 나를 흘깃 보며 물었다.

"아, 아니야. 아무것도."

나는 손사래를 친 후 컵을 주웠다. 시우를 데려오지 않으면 내가 죽을 거라던 바사의 말이 머릿속을 맴돌았다. 수많은 바사의 사탕들 속에 내 사탕도 섞여있었다. 내 영혼, 내 목숨이 그의 손에 달려있다. 시간이 얼마나 남았을까? 나는 복잡한 심경으로 시우를 바라보았다.

* * *

벌써 일주일째다. 바사의 약국에 다녀온 후 매일 악몽을 꾼다. 매일 밤 꿈속에 바사의 약국이 나온다. 유리병 속에는 한 개의 사탕이 남아있다. 바사의 짓궂은 시선이 나를 훑더니 싱글거리며 웃는다. 그러고는 마지막 사탕의 포장지를 벗기기 시작한다. 사탕을 입 안에 넣은 바사가 혀로 부드럽게 사탕을 굴린다. 바사의 천연한 미소가 내 숨통을 조여온다.

매일 새벽 나는 죽으며 꿈에서 깨어났다. 그렇게 깨면 다시 쉽게 잠들 수 없었다. 식은땀 때문인지 이불로 몸을 꽁꽁 감싸도 서늘한 기분이 사라지지 않았다. 그렇게 매일 제대로 자지도 못한 채 일상을 지속했다. 초조한 내 상태를 가장 먼저 알아차린 건 미나였다.

"어디 아파?"

"아니, 그냥 잠을 좀 못 자서."

"잠을 못 자? 왜?"

"그냥… 모르겠어."

힘없는 내 대답에 미나가 걸어가 진열대를 열었다. 다양한 약초들을 살펴보던 미나가 고개를 저으며 진열대 문을 도로 닫았다.

"불면증을 치료하는 약초를 다 썼나 봐. 잠깐 나가서 약초 좀 사 올게. 안 그래도 약초가 모자라던 참이었어."

대답하기도 전에 미나는 망토처럼 보이는 겉옷을 걸쳤다.

"도선생도 곧 올 테니, 손님 오면 잠시 기다려 달라고 해."

"응, 알았어."

고개를 끄덕이며, 미나가 거울 속으로 들어가는 모습을 지켜보았다. 미나의 모습이 거울 속으로 완전히 사라진 후에야 긴장을 풀며 한숨을 쉬었다.

지금쯤 바사는 사탕을 몇 개나 까먹었을까? 몇 명의 영혼들이 세상에서 사라진 걸까? 초조해진 나는 몸을 가만히 두지 못한 채 안과 안을 걸어 다녔다. 시간이 멈춘 기분이 들었다. 분명 시침은 움직이고 있는데, 내 문제는 전혀 해결되지 않았다.

불안하게 안과 안을 걷던 나는 아빠의 그림 앞에 섰다. 그림은 고요했다. 검은 밤에 흰 보름달이 떠있고, 달 위를 까마귀가 사뿐히 날아오른다. 아빠의 그림을 보자, 마음이 조금 편안해지는 것 같았다. 이상했다. 예전에는 마음을 불편하게 만들기만 했는데, 어째서 지금은 위안을 주는 걸까. 나는 이 그림을 그리는 아빠의 모습을 상상했다. 아빠는 어떤 마음으로 이 그림을 완성했을까? 과거의 아빠에게 묻고 싶었다.

만약 아빠가 지금의 나라면, 어떻게 했을까. 아빠도 혼자 책임지느라, 사람들에게 아무런 말도 하지 않았던 걸까? 다른 사람에게 좋은 모습만 보인다는 건 얼마나 무거운 짐을 지는 걸까. 내가 벌인 일이다. 그러니 내가 해결해야 한다. 하지만 다른 사람에게 도움을 구하지 않고 할 수 있는 일이 무언지 나는 알 수 없었다.

이렇게 전전긍긍하다 죽게 되는 걸까? 그럼, 엄마는? 그림을 들여다보다 걸어가 도선생의 방 앞에 섰다. 방문을 열자, 시원한 향초 냄새가 부드럽게 퍼졌다.

도선생은 때때로 방에 들어가 혼자만의 시간을 가졌다. 도선생이 방에 들어간 시간 동안은 그를 귀찮게 하면 안 된다고 미나가 말했다. 도선생은 방에서 혼자 무얼 하는 걸까. 나는 방 안을 신중하게 둘러보았다.

벽 한 면을 가득 채운 두꺼운 책들과 푸른 소파, 동그란 원형 테이블과 종이들. 얼핏 보기엔 고전적인 서재 같았지만, 방 한가운데에 놓인 거대한 거울이 존재감을 강렬히 내뿜었다. 나는 걸어가 책장 앞에 섰다. 대부분의 책은 읽을 수 없는 언어로 적혀있었다. 그중 가장 오른쪽에 꽂힌 책을 꺼냈다.

미나가 좌표를 잊어버릴 때마다 펼쳐보던 책이었다. 두꺼운 가죽으로 묶어낸 책 안에 수많은 좌표가 그려져 있었다. 모두 손으로 직접 그린 좌표들이었는데, 얼마나 오래되었는지 앞 페이지는 이미 색이 바래 뿌옜다.

맨 마지막 페이지를 펼치자 가장 최근에 그려진 좌표가 보였다. 바사의 약국을 가리키는 좌표였다. 좌표를 펼친 후 나는 주춤거리다 용기를 내 커다란 거울 앞에 섰다.

지금 당장 바사의 약국에 갈 생각은 없었다. 하지만 그렇다고 아무것도 하지 않을 수도 없었다. 바사의 약국에 가는 방법이라도 알아내고 싶었다. 그다음은 그때 가서 생각하자고 속으로 다짐했다.

지금 약국으로 가는 방법을 찾아낸다고 하더라도, 내가 시우를 데려갈 수 있을까? 나는 주먹을 꽉 쥐었다. 바사의 약국에서 돌아온 후로 나는 시우를 피했다. 학교에서 시우를 우연히 마주칠 때마다 바사와의 계약이 떠올라 마음이 괴로웠다.

미나가 좌표를 그리는 것을 자주 목격해서인지 나도 그릴 수 있을 것 같았다. 먼저 붓으로 바닥에 동그란 원을 그린 후, 서랍에서 단도를 꺼내 가져왔다. 종이에 그려진 문양을 칼날로 바닥에 새기자, 꽤 그럴듯해 보였다. 이마에 맺힌 땀을 몇 번이나 닦아가며 좌표를 확인했다. 완벽하게 일치한다는 생각이 든 후에야 긴장이 풀렸다.

이제 어떡하면 되지? 미나가 좌표를 새겨 넣은 후, 뭐라 중얼거렸던 것 같기는 한데… 맨 아래 적힌 문장들은 고대 언어처럼 보였다. 애써 기억을 되살려 보니 미나가 초를 가져와 좌표에 촛농을 몇 방울 떨어뜨렸던 것 같았다. 테이블 위에 놓여있던 초를 들고 와 좌표 앞에 구부리고 앉았다. 촛농을 떨어뜨리기 위해 초를 기울이던 순간이었다.

덜컥, 문이 열렸다. 깜짝 놀라 들고 있던 초를 떨어뜨렸다. 좌표에 떨어진 불씨가 번져 좌표 수식을 타고 빠르게 타올랐다. 재빨리 바닥에서 초를 뗐지만, 이미 불길이 문양 전체로 퍼진 다음이었다. 강한 열기가 느껴졌다. 불길에 휩싸인 채 나는 눈앞에 선 사람을 올려다보았다.

도선생이 나를 심각한 얼굴로 내려다보고 있었다. 뭐라고 설명하지? 도선생을 부르기 위해 입을 연 순간, 좌표에 붙은 불길이 더욱 강하게 일렁이며 천장으로 솟았다. 방 전체가 화염으로 뒤덮여 아무것도 보이지 않았다. 기침을 내뱉으며 도선생을 찾았지만, 그의 형체조차 보이지 않았다.

거울이 깨질 듯 흔들렸다. 거울에서 나온 강한 바람이 거대한 팔처럼 나를 끌어당겼다. 부드럽지만 강한 힘에 나는 속수무책으로 빨려 들어갔다.

"도선생…"

내 목소리는 불길에 막혀 힘없이 떨어졌다. 도선생의 얼굴이 저 너머로 사라진다. 맹렬한 열기가 내 몸을 감싸 안았다. 나를 꼭 끌어안아 어디론가로 향하고 있었다. 미지의 우주로 향하는 것 같았다. 내가 살던 곳과는 전혀 다른 세계, 심연의 끝으로.

나는 세계의 끝으로 갔다.

* * *

텁텁한 공기가 폐 안으로 깊숙이 들어온 것 같았다. 마른기침을 뱉으며 나는 주변을 둘러보기 위해 눈을 크게 떴다. 빽빽한 어둠이 온 세상을 덮은 것처럼 처음에는 아무것도 보이지 않았다. 허공으로 손을 휘두르던 나는 곧 울퉁불퉁한 땅 위에 서있다는 사실을 깨달았다. 앞으로 나아가기 위해 걸음을 옮기려는데 어디선가 불꽃이 펑, 터졌다. 곧 멀리 떨어지지 않은 곳에서

땅이 갈라지기 시작했다. 나는 저절로 뒷걸음질 쳤다. 땅의 틈
새 사이로 뜨거운 용암이 흘러나왔다. 나는 땅 아래 붉은 빛을
바라보았다. 잠깐이라도 살이 닿으면 녹아내릴 듯한 강한 열기
가 후끈 느껴졌다. 후드득, 갈라진 땅의 줄기가 여러 방향으로
뻗어나갔다.

내가 서있는 땅 아래로 그 줄기가 뻗어져 오고 있었다. 뒤돌
아 암흑 속으로 내달렸다. 땅이 갈라지는 소리가 점차 가까워졌
다. 뒤돌아보지 않아도 알 수 있었다. 나는 땅 아래로 빠질 것이
다. 조금이라도 지체하는 순간 뜨거운 열기가 나를 집어삼킬 것
이다.

힘껏 내달리다 발을 헛디디고 말았다. 겨우 고개를 들어 뒤를
내다보는데, 내 바로 앞까지 땅이 갈라졌다. 부글부글 끓는 용
암에서 붉은빛이 튕겨져 나왔다. 거품을 만들며 땅속으로 스며
드는 용암에서 연기가 퍼졌다.

몸이 굳어 움직일 수 없었다. 눈을 질끈 감았다. 이제 끝이라
는 생각이 든 순간, 몸이 가볍게 떠오르는 기분이 들었다.

찬찬히 눈을 떠보니, 땅이 멀리 보였다. 하늘을 날고 있었다.
내 몸을 안고 누군가 부드럽게 날갯짓을 했다. 차츰 멀어지는
땅을 말없이 내려다보았다. 땅은 금세 붉은 용암으로 차올랐다.
작은 폭발음과 함께 군데군데에서 화산이 터졌다. 저곳에 내가

있었다면… 나는 안락한 날개에 몸을 기댔다.

날개는 내 몸을 유연하게 내려주었다. 나는 푸른 나뭇잎을 밟으며 중심을 잡았다. 발이 나뭇잎 사이로 푹푹 빠졌다. 딱딱한 나뭇가지를 밟고 서서 날개를 올려다보았다. 검은 날개가 매끄럽게 접히고 모자 아래 얼굴이 드러났다.

"도선생?"

도선생의 몸에 붙은 커다란 날개에서 눈을 떼지 못한 채 나는 놀란 표정을 지었다.

"쓸데없는 짓을 했군."

도선생은 아직 몸이 다 회복되지 않은 것 같았다. 몸을 휘청거리더니 풀밭 위로 쓰러지듯 주저앉았다.

"괜찮아요?"

달려가 부축하려고 하자, 도선생은 입가에 쓴웃음을 만들었다.

"내가 따라오지 않았다면, 넌 죽었어."

"여기가 어디예요? 제가 찍은 좌표는…"

거기까지 말한 나는 말을 잇지 못했다. 바사의 약국에 가려고 했다는 사실을 말할 수 없었다. 도선생은 그런 것 따위는 중요하지 않다는 듯이 대답했다.

"여기는 세계의 끝이야."

세계의 끝? 그 말을 이해하는 데 시간이 필요했다. 내 표정을 읽은 도선생이 다시 한번 입을 열었다.

"여기 있으면 안 돼. 여기는…"

더 이상 말을 잊지 못한 채 도선생이 신음을 뱉었다. 바들거리며 떨리는 그의 입술에 피가 맺혔다. 검은 날개가 펄럭거리며 날갯짓을 하기 시작했다. 하지만 도선생이 원해서 하는 날갯짓은 아닌 것 같았다. 있는 힘을 다해 도선생이 자신의 날개를 양팔로 막았지만, 날개는 하늘을 향해 더욱 크게 펼쳐졌다. 가까이 다가서는 내 어깨를 도선생이 한 손으로 밀쳐냈다. 그대로 주저앉은 채 나는 하늘로 날아오르는 도선생을 막연히 쳐다보았다.

도선생은 하늘로 날아오르다 땅으로 추락했다. 땅의 갈라진 틈새 사이로 떨어진 도선생이 다시 하늘로 날아올랐다. 하지만 곧 다시 방향감각을 잃은 채 땅으로 곤두박질쳤다. 땅을 구르는 도선생의 몸에서 검은 연기가 타올랐다. 붉은 용암이 도선생의 몸에 스며들어 살결을 고통스럽게 녹였다.

나는 아무런 말도 하지 못한 채 그 모습을 바라볼 수밖에 없었다. 내가 아무것도 도울 수 없다는 사실이 무력하게 느껴졌다. 가만히 서있지 못한 채 나는 도선생이 잘 보이는 곳으로 옮겨다녔다. 그에게 닿을 수 없다는 사실을 알면서도 시선을 뗄 수 없었다. 눈앞에서 생생한 고통이 느껴졌다.

비상과 추락을 반복하던 도선생이 끝내 비틀거리며 나무 위로 돌아왔다. 힘없이 쓰러진 도선생의 몸에서 탄내가 퍼져 나왔다. 나는 숨죽이며 도선생을 지켜보았다. 설불리 말을 걸 수조차 없었다.

도선생의 얼굴이 꿈틀거리더니 피를 토했다. 피로 범벅된 얼굴을 돌려 내 쪽을 바라보았다. 도선생의 눈동자에 핏빛이 어렸다. 내가 손을 뻗어 도선생의 손을 꼭 잡아주었다. 오히려 나를 위로하듯 도선생이 가벼운 미소를 지었다.

"전설을 하나, 들려줄까?"

도선생의 두 눈이 나를 예리하게 관통했다. 그의 눈 안에 은빛 세계가 담긴 듯 반짝였다. 나는 홀리듯 고개를 끄덕였다.

그대로 누운 채 도선생이 눈을 감았다. 과거를 어렴풋이 떠올리는 것처럼.

"하얀 나무가 있었어."

도선생이 이야기를 시작했다.

"나무는 치유 그 자체였지. 뿌리부터 잎사귀까지 온통 눈이 덮인 듯 새하얬어. 웅장한 나무 주변으로 모든 식물이 살아나 거대한 숲을 이루었어. 나무로 가져온 어떤 생명체도 죽음 직전에서 완전한 생명으로 옮겨졌지. 사람들은 아플 때마다 나무로 와 치유를 얻었어. 나무 가까이 오기만 하면, 나무에 흐르는 신비로운 능력이 그들에게 전이되었어. 단지 손을 갖다 대는 것만으로도 앉은뱅이가 걷게 되고, 맹인이 눈을 뜨게 되었어. 사람들은 이 나무에 '도'라는 이름을 붙이고 신성하게 여겼어."

눈을 감은 도선생의 얼굴이 움직였다. 한층 낮아진 목소리로 그가 말을 이었다.

"하지만 점차 사람들에게 의문이 생기는 거야. 이 나무를 흐르는 힘의 원천은 무엇일까? 어쩌면 그들이 알지 못하는 비밀이 더 있지 않을까? 나무는 어떤 상처도 낫게 했지만 딱 하나, 하지 못하는 것이 있었지. 그건 바로 죽은 자를 도로 살려내는 거였어. 이미 숨을 거둔 생명은, 나무로 데려와도 다시 살아나지 않았지. 마치 절대 넘볼 수 없는 불가의 영역처럼."

도선생이 회색빛 눈동자를 떠서 하늘을 쳐다보았다. 그 눈빛 안에 공허가 담긴 것 같았다.

"사람들은 점차 의문을 확대해 나갔어. 어쩌면 영원히 늙지 않는 방법을 알 수 있을지도 몰라. 영원한 삶을 살 수 있을지도 몰라. 저 나무를 정복하면, 풀리지 않았던 세계의 진실을 알게 될 거라고."

쉽게 말을 잇지 못하던 도선생이 천천히 눈을 감았다가, 다시 떴다. 기억해 내기 싫은 옛 추억을 애써 꺼내려는 것처럼.

"그때 사람들을 현혹시켰던 것은 까마귀였어. 까마귀는 영물

중에서도 사람들의 마음을 꿰뚫어 보는 능력을 지녔지. 사람들의 가장 내면에 있는 은밀한 욕망이 무언지 까마귀는 볼 수 있었어. 까마귀는 사람들에게 나무를 베면, 그 비밀을 알게 될 거라고 말했지. 그리고 나무의 능력을 얻을 수 있을 거라고. 불멸의 삶, 영원히 늙지 않고 아프지 않은 삶을 살게 될 거라고 말이야."

나는 가만히 앉아 도선생의 말에 귀를 기울였다. 맞닿은 도선생의 손에 힘이 들어가는 것이 느껴졌다.

"까마귀의 말을 믿은 사람들은 끝내 나무를 베었어. 나무가 땅에 떨어지는 순간, 나무는 검은색으로 변했지. 더 이상 어떤 생명력도 남지 않은 것처럼. 완연히 죽은 존재처럼 말이야."

펑, 터지는 소리가 아래에서 들렸다. 용암이 극렬하게 끓고 있었다.

"이곳은 까마귀의 영역이야. 까마귀는 떠돌아다니며 가장 내밀한 욕망을 수집하지. 땅 아래로 그 욕망들이 끓고 있는 거고, 위는 아직 까마귀가 닿지 못한 숭고한 영역이지."

나는 아래에 상반되는 푸른 나무를 바라보았다. 견고한 기둥 위로 신선하고 깨끗한 잎이 풍성했다.

"나무는 죽었지만, 도는 죽지 않았지. 사람들이 이름을 붙인 순간부터 도는 나무와 별개로 존재하게 되었어. 나무의 형상을 잃은 도는 새로운 몸을 찾아야 했지. 그리고 자신을 이렇게 만든 까마귀와 인간의 몸을 반씩 섞은 몸으로 태어나게 되었어."

거기까지 말한 후 도선생이 천천히 눈꺼풀을 올렸다. 핏기가 여전히 그의 눈 안에 맺혀있었다. 반짝임이 서서히 사라지고 남은 자리에 공허가 있었다.

"그게… 도선생이군요."

"맞아."

도선생이 부드럽게 웃었다.

"나는 이미 많은 힘을 잃었어. 이제 인간들을 예전처럼 치료해줄 수 없지. 까마귀의 피가 흐르는 나는 그들의 욕망을 먹고 살아. 동시에 인간의 피가 흐르는 나는 그들의 죄를 대신해 이곳에서 끝없는 형벌을 받지. 저 하늘을 향해 끊임없이 날아오르는 거야."

도선생의 시선이 향한 곳에 하얀 달이 있었다. 깨끗한 달, 아무런 흠도 없는 거룩한 빛이 완벽한 원형의 모습으로 검은 하늘에 떠있었다.

"인간들이 절대 다다를 수 없는 완전한 치유, 그것을 향한 무한한 욕망처럼 나는 이곳에서 피투성이가 되도록 저 달을 향해 날아올라. 물론 언제나 실패하지만…"

도선생이 눈을 천천히 감았다가, 다시 떴다. 그 짧은 시간 동안 그의 눈동자에 서린 공허가 가시고, 의지가 남았다. 나지막하게 도선생이 말했다.

"돌아가자."

"네?"

나는 눈을 깜빡이며 되물었다. 아직 움직이기에 무리일 것 같았지만 도선생은 몸을 한 번에 일으켰다. 똑바로 선 도선생이 펄럭 검은 날개를 펼쳤다. 도선생이 가까이 걸어와 내 몸을 안았다. 그러고는 멀리 내다보며 말했다.

"꽉 잡아."

나는 편안히 안긴 채 그의 목덜미를 껴안았다. 도선생이 날아올랐다. 내 몸이 하늘에 둥실 떠있는 것 같았다. 꿈을 꾸는 기분으로 아래를 내려다보았다.

작은 화산을 이룬 욕망의 덩어리들이 펑, 터지고 있었다. 빨갛게 끓는 용암이 땅 위로 무자비하게 흘렀다. 얼마 지나지 않아 온 세상이 붉게 물들 것 같았다.

"다시 잠잠해질 거야. 그리고 또 폭발하겠지. 끝없이 반복되는 인간의 욕망처럼."

도선생의 부드러운 품에 얼굴을 파묻었다. 붉은 땅이 서서히 멀어져 갔다. 더 이상 폭죽 소리가 들리지 않았다. 멀리서 내려다보는 땅은 고요했다. 검은 깃털 여러 개가 사뿐히 떨어져 내렸다. 하얀 달 아래로 내리는 검은 깃털을 나는 조용히 바라보았다.

8. 미나

눈을 뜨자 모닥불이 타는 소리가 가까이서 들렸다. 코를 킁킁거리며 약초 냄새를 맡았다. 익숙한 풍경에 마음이 놓였다.

도선생의 품에서 나도 모르게 잠든 것 같았다. 두리번거리며 도선생을 찾았지만 보이지 않았다. 다만 책상 앞에 서있던 미나가 비커를 신경질적으로 내려놓는 모습이 보였다.

내가 깨어난 것을 발견한 미나가 내 쪽으로 걸어오고 있었다. 가까이 다가온 미나에게 일어나 인사를 하려는 순간 눈앞이 번쩍였다.

타-악

처음에는 무슨 일이 벌어졌는지 알지 못했다. 곧 정신을 차린 내가 얼얼한 **뺨**을 손으로 어루만지며 미나를 바라보았다.

"너 때문에 도선생이 다쳤어! 네가 멋대로 좌표를 만들지만 않았어도 그가 다쳐 올 일은 없었는데!"

미나는 눈물이 그렁그렁 맺힌 눈으로 나를 노려보았다. 그 눈빛에 가득 차오른 원망에 당황했다.

"나는…"

뭐라 말해야 할지 망설이는 내게 미나가 차갑게 쏘아붙였다.

"어떻게 된 일인지 설명해 봐."

나는 비틀거리다가 다시 중심을 잡았다. 몸이 아직 피로했지만, 미나는 나를 거침없이 몰아세웠다.

"설명해 보라니까?"

미나의 날 선 목소리에, 잠시 침묵하다가 입을 열었다.

"바사의 약국에 가려고 그랬어."

"바사의 약국? 그 위험한 데를 다시 가려고 했다고?"

미나의 눈썹이 꿈틀거렸다. 팔짱을 낀 미나의 시선이 내 말의 진실 여부를 판가름하듯 나를 노골적으로 훑었다.

"죽고 싶으면 너 혼자 죽어. 도선생까지 물고 늘어지지 말고."

왜 바사의 약국에 가려고 했는지, 미나는 이유조차 묻지 않았다. 미나에게 중요한 것은 오로지 도선생의 안위뿐인 것 같았다. 도선생을 위험에 빠트린 나를 용서할 수 없다는 표정으로 미나가 말을 이었다.

"네가 여기서 일한다고 멋대로 해도 된다고 생각하는 것 같은데. 넌 곧 이곳을 떠날 사람일 뿐이야. 주제넘은 행동으로 피해 주지 말란 말이야."

미나는 확실한 선을 그었다. 정해진 계약 기간이 끝나면 나는 더 이상 보름달 안과에 올 일이 없을 것이다. 알고 있는데도 막상 직접 들으니 서운했다.

"물론 나는 일한 지 얼마 되지 않았어. 하지만, 내가 도울 수 있는 게 있다면…"

"도와? 네가?"

가소롭다는 듯 미나가 픽 웃었다.

"눈치챘을 텐데? 도선생이 특별한 존재라는 걸. 고작 너같이 평범한 인간 따위가 도울 수 있을 리가 없잖아."

그 말을 하는 미나의 눈빛이 너무 예리해서, 나는 잠시 시선을 내렸다가 올렸다. 미나와 똑바로 눈을 맞춘 후 읊조리듯 말했다.

"너도, 인간이잖아."

나를 마주 보는 미나의 눈동자가 살짝 커졌다. 놀란 표정은 아니었다. 순진한 어린아이를 대하는 어른의 얼굴과 흡사했다.

"너와 나를 같은 범주에 묶지 마. 우리는 다르니까."

"어떻게 다른데?"

괜한 오기가 생긴 내가 되물었다. 미나의 입가에 쓴 미소가 어렸다. 미나가 갑자기 다가와 자신의 얼굴을 불쑥 내밀었다.

"그렇게 궁금하면 직접 봐."

미나의 손이 내 목을 감쌌다. 얼음처럼 차가운 감촉에 소름이 돋았다. 서로의 코가 맞닿을 듯 가까운 거리에서 미나가 나를 들여다봤다. 미나의 갈색빛 눈동자에 작고 푸른 점이 찍혀있었다. 나는 그 푸른빛을 빤히 바라보았다. 천천히 돌던 작은 소용돌이가, 일순간 내 시야를 집어삼켰다.

푸른빛이 거대한 화면을 만들어 냈다. 나는 다른 시간 속으로 들어갔다. 미나의 내밀한 과거, 그녀의 삶 어느 조각 속으로.

소녀는 바닥을 손으로 쓸었다. 바닥에 떨어져 있던 과자 조각이 손에 잡혔다. 소녀는 누가 볼세라 허겁지겁 과자를 입 안으로 가져다 넣었다. 아버지는 방에서 자고 있을 것이다. 소녀는 아버지가 잠든 새벽 시간에 음식을 찾아 먹어야 했다.

캄캄한 어둠 속이었지만 소녀는 불을 켜지 않았다. 사실 상관없었다. 소녀가 앞을 볼 수 없었기 때문이다. 소녀는 조용히 일어나 이제는 식탁 위를 손바닥으로 쓸었다. 코를 킁킁거리며 음식 냄새를 찾았지만, 부엌을 뒤져 나온 것은 딱딱하고 차가운 빵 한 덩어리뿐이었다. 이걸 먹으면 분명 아버지에게 걸릴 것이 뻔했다. 소녀에게 주어지는 음식은 매일 아버지가 접시에 담아

주는, 잔반을 섞어낸 것뿐이었다. 소녀는 그것이 사람을 위한 음식이 아니라는 걸 알고 있었지만, 거부할 수 없었다. 어쩔 수 없이 부엌에서 음식을 숨어 먹다 들키면, 아버지는 소녀를 때리고 방에 가두었다. 문을 열어달라고 외쳐도 돌아오는 것은 욕설뿐이었다.

소녀는 양손으로 빵을 소중히 감쌌다. 마치 금방이라도 사라져 버릴 것처럼. 살짝 혓바닥을 대보자, 밀가루 맛이 느껴졌다. 소녀는 그대로 선 채 빵을 허겁지겁 먹어 치우기 시작했다.

한순간에 빵을 모두 먹어치운 소녀가 한숨을 내쉬었다. 초조하게 입술을 잘끈 씹다가 다시금 땅에 주저앉아 바닥을 쓸었다. 혹시라도 남아있을 부스러기를 없애기 위해서. 아버지가 내일 아침에 일어나 빵에 대해 잊으면 좋겠다고 소녀는 생각했다. 그럴 가능성이 낮다는 사실도 알고 있었지만.

소녀는 방으로 돌아와 낡은 담요로 몸을 감쌌다. 맨바닥은 딱딱하고, 담요는 찢어져 바람이 숭숭 들어왔다. 소녀의 방에는 큰 창문이 있었는데, 깨진 유리창 사이로 들어오는 새벽바람이 차가웠다. 소녀의 몸이 허약해 자주 아팠지만, 아버지는 신경 쓰지 않았다. 소녀가 집안일을 소홀히 하면, 그릇을 집어 던지기까지 했다. 그럴 때마다 소녀는, 아버지가 가장 바라는 것이 자신의 죽음이지 않을까 막연히 생각했다.

소녀는, 작은 방에서 날마다 죽기를 기다렸다.

탕!

문이 거칠게 열렸다. 소녀는 몸을 떨면서 일어났다. 소녀가 제대로 일어서기도 전에 다시 넘어졌다. 소녀는 바닥에 엎드린 채 화끈거리는 자신의 뺨을 손으로 감쌌다. 곧이어 날카로운 물건이 소녀를 향해 던져졌다. 소녀가 몸을 움츠렸지만, 깨진 파편이 소녀의 뺨을 스쳤다. 떨어지는 핏자국을 바라보며 소녀의 아버지가 인상을 찌푸렸다.

"도둑고양이처럼 또 몰래 훔쳐 먹어?"

술에 젖은 목소리가 강렬하게 뻗어 나왔다. 소녀는 자신의 몸을 감싸 안은 채 오들오들 떨었다.

"네게 줄 음식 따위는 없어. 그 방에서 나오지 마!"

소녀는 고개를 천천히 끄덕였다. 눈물조차 나오지 않았다. 이미 여러 번 겪은 일이다. 단지 이 시간이 빨리 지나가기를 소녀는 마음속으로 간절히 바랐다.

한참 씩씩거리던 소녀의 아버지는 문을 거세게 닫고 방을 나섰다. 문밖에서 그릇이 와장창 깨지는 소리와 고함이 연이어 들렸다. 소녀의 아버지가 분을 풀지 못해 소리를 지를 때마다 소녀는 양손으로 자신의 귀를 막았다.

밖이 조용해진 후에야 소녀는 손을 풀었다. 뚝뚝 물방울 떨어지는 소리가 들렸다. 앞을 보지 못하는 소녀의 청각은 예민하게 발달되어 있었다. 소녀가 천천히 문고리를 돌려보았다. 역시 문은 굳게 잠겨있었다. 소녀는 한숨을 내쉰 뒤 문 앞에 주저앉았다. 뺨을 타고 흐르는 핏방울이 턱 끝에 맺혀 떨어졌다. 그 피를 닦을 생각조차 못 한 채 소녀는 무릎 사이에 얼굴을 파묻었다.

시간이 얼마나 지났을까. 외출을 했던 아버지가 집으로 들어오는 소리가 들렸다. 소녀는 죽은 생물처럼 그대로 조용히 앉아 있었다. 아버지의 목소리에 앙칼진 여자 목소리가 섞여 들렸다. 가끔 들어본 적이 있는 목소리였다. 소녀는 그 목소리의 주인이 아버지의 여동생, 자신의 고모임을 알았다.

소녀는 기어가듯 걸어가 담요를 덮고 누웠다. 곧 문이 열리는 소리가 들렸다. 소녀가 잠든 것을 확인한 소녀의 아버지가 욕설을 뱉으며 중얼거렸다. 그 옆에서 지켜보던 소녀의 고모가 나무라듯 손을 내저었다.

"그냥 둬."

아버지는 소녀를 저주하는 말을 몇 마디 더 뱉은 뒤 문을 닫았다. 소녀가 조용히 일어나 다시 문 쪽으로 기어갔다. 아버지가 흘리고 간 술 냄새가 바닥에 진득하게 달라붙어 있었다. 숨을 죽인 채 소녀는 가만히 귀를 기울였다.

술잔이 부딪치고, 과자 봉지를 뜯고 씹는 소리가 가감 없이 들렸다. 곧이어 말소리가 들리기 시작했다. 소녀는 긴장하며 대화에 집중했다.

"아벨의 보육원에 보낼 거야."

이미 상당히 취한 소녀의 아버지가 문득 말했다.

"진심이야?"

고모는 고개를 살짝 기울이며 되물었다.

"그곳에 가면 어떤 취급을 받는지 알잖아. 멀쩡한 애들도 정신이 이상해지는 곳인데, 앞도 못 보는 애를 데려다 놓으면 버틸 수 없을 거야."

"그래서 보내는 거야."

소녀의 아버지는 후련하게 웃었다.

"나는 이미 저 아이를 여러 번 죽이려고 했어. 하지만 오히려 내가 다쳤지. 예언이 성취되기 전에 저 아이는 죽을 수 없는 거야. 그러니 이제 어쩌겠어?"

과자 한 움큼을 입 안에 털어 넣은 후, 소녀의 아버지가 말을 이었다.

"나는 저 아이의 손에 죽고 싶지 않아. 저 아이의 어미도 같은 이유로 집을 나갔지. 저 아이가 누구를 죽이든, 스스로 죽어버리든 이제 나와 상관없는 일이야. 정말 지긋지긋하다고."

소녀의 고모가 딱하다는 듯 고개를 내저었다. 안쓰러운 표정을 지었지만, 목소리는 서늘했다.

"누군가를 죽이지 않으면 죽을 수 없는 운명이라니, 가엾어라."

소녀는 아버지가 자신을 때리던 순간을 기억해 냈다. 소녀가 기절할 때까지 아버지는 때렸다. 쓰러져 잠들면 무언가 뾰족한 것에 찔리는 꿈을 꾸기도 했다. 소녀는 그 꿈이 실제였음을 비로소 깨달았다. 꿈속에서 찔린 부위와 같은 곳에 흉터 자국이 나있던 이유도 이제야 납득이 갔다. 아버지가 정말 자신을 죽이려 했다는 사실을 깨달은 소녀가 처참한 기분으로 고개를 떨구었다.

아버지는 자신의 모든 불행이 소녀의 탓이라고 말했다. 소녀가 태어나기도 전에 받은 그 예언 때문에 자신이 불행해졌다고. 소녀는 조금 억울했다. 자신이 원해서 태어난 것도 아닌데. 태어나기 전에 선택할 수 있었다면, 분명 소녀는 세상의 빛을 보지 않는 쪽을 택했을 것이다.

"언제 보낼 건데?"

"내일 아침에 보육원에서 데리러 온다고 그랬어."

아버지의 비틀거리는 손짓에 과자봉지가 힘없이 바닥으로 떨어졌다. 아버지는 봉지를 발로 차버리며 중얼거렸다.

"또 새끼 고양이가 와서 주워 먹겠지."

문에 기대어 앉은 소녀가 양손을 꽉 쥐었다. 손톱에 눌린 살에서 피가 흘렀다. 온몸을 오들오들 떨며 소녀는 새벽을 기다렸다.

새벽바람이 깨진 창문으로 들어왔다. 뒤척이던 소녀가 일어나 창가로 걸어갔다. 달빛이 소녀의 얼굴을 하얗게 적셨다. 창문을 활짝 열자, 바람이 물결처럼 밀려왔다. 낡은 커튼이 고요히 흔들렸다. 소녀가, 낑낑거리며 창문틀 위로 올라섰다.

죽음이 찾아오지 않는다면 더 이상 기다리고 싶지 않았다. 지금까지 아무것도 자신의 뜻대로 하지 못했는데, 이것만큼은 스스로 선택하고 싶었다. 그 예언이 자신의 삶을 휘두르는 것을 소녀는 더 이상 참고 싶지 않았다.

소녀가 자신의 발을 바깥쪽으로 천천히 내디뎠다. 막상 창틀에 올라서니 심장이 빠르게 뛰었다. 사실 소녀는 이곳이 몇 층인지도 알지 못했다.

한 번에 죽을 수 있을까?

소녀의 머리카락이 휘날리며 뺨을 때렸다. 마지막 인사를 하듯 소녀가 뒤를 돌아보았다. 잠시 후, 소녀가 뛰어내렸다.

떨어지는 건 한순간이다.

소녀는 신음을 뱉었다. 어깨뼈가 부러진 것 같았다. 몸에 힘을 주어도 움직일 수 없었다. 정신을 잃지 않은 게 기적일 정도로 온몸이 아팠다. 머리카락이 피로 축축해지고 있었다. 소녀는, 아침에 자신이 사라진 것을 발견할 아버지를 떠올렸다. 그가 그때 어떤 표정을 지을지도. 하지만 그의 얼굴조차 알지 못하니 소녀는 상상도 할 수 없었다.

날갯짓 소리가 들렸다. 소녀는 쓰러진 채 소리에 귀를 기울였다. 아주 커다란 날개가 팔락이며 소녀 곁에 내려앉았다. 소녀의 어깨 위로 그림자가 길게 졌다.

소녀가 간신히 손을 뻗자, 상대의 구둣발이 잡혔다. 소녀가 손을 더듬어 낯선 이의 발목을 힘주어 잡았다. 그는 날개를 접고 소녀를 말없이 내려다보았다.

"저 좀…"

소녀는 마지막 힘을 쥐어짜 내며 상대에게 말을 뱉었다.

"죽여주세요."

이른 아침, 남자가 문을 두드렸다. 술에 취해 뻗어있던 소녀의 아버지가 일어나 문을 열었다. 문 너머 보이는 자신의 딸과 낯선 남자의 모습에 소녀의 아버지는 눈을 게슴츠레 뜨며 상황을 파악하려고 애썼다. 검은 양복을 입고 커다란 챙을 지닌 모자를 쓴 남자는 키가 몹시 컸다. 새까만 모습이 커다란 까마귀 같기도 했다.

"제가 데려가겠습니다."

소녀의 손을 잡고 있던 남자가 소녀의 아버지에게 말했다. 소녀의 아버지가 인상을 한껏 찌푸렸다.

"아직 아무것도 모르나 본데, 그 아이는 여우의 예언을 받았어요. 그 아이가 눈을 뜨고 보게 되는 첫 번째 사람을 죽이게 되는 운명이죠. 그 운명을 이루기 전까지 이 아이는 죽지 못해요. 영원한 삶의 굴레 속에 갇히게 되는 거죠."

"영원한 삶의 굴레라…"

남자가 묘연하게 웃었다.

"저는 이 아이를 데려가 눈을 고쳐줄 것입니다. 그리고 이 아이가 보는 첫 번째 사람이 될 거예요. 그럼 이 아이뿐만 아니라 저도 지긋지긋한 그 굴레에서 벗어날 수 있겠죠."

소녀의 아버지는 속으로 남자가 제정신이 아니라고 생각했다. 하지만, 남자가 건넨 상당한 액수의 돈뭉치를 본 후 별말 없이 딸을 내주었다.

"다시는 이 아이를 찾지 않겠다는 약속을 하는 값입니다."

소녀의 아버지는 고개를 끄덕인 후 심드렁하게 문을 닫았다. 어차피 시설에 보낼 생각이었으니 어디로 가든 상관없었다. 더 이상 예언에 얽매여 살 필요가 없다는 생각에 그는 오히려 마음이 편안해졌다.

이제 그 빌어먹을 예언이 그의 손을 떠난 것이다. 영원히 마주치지 않을 것이다.

비열한 웃음을 지으며, 남자는 술병을 집었다.

소녀는 남자의 손을 잡고 어디론가 이동했다. 남자를 따라 들어선 곳은 완전히 다른 세상 같았다. 투명한 물체를 지난 후, 소녀는 남자를 따라 거울 속 세계를 걸었다. 다시 거울을 통과해 밖으로 나왔을 때, 소녀를 반긴 것은 맛있는 냄새를 품은 따뜻한 공기였다.

"수프를 먹고 있어. 곧 치료해 줄게."

남자는 소녀를 모닥불 앞 소파에 앉힌 후, 수프를 주었다. 소녀가 숟가락을 들고 수프를 한 입씩 떠먹기 시작했다. 눈물이 나올 것 같았다. 소녀는 태어나서 제대로 된 음식을 처음 먹어보았다. 누군가 자신에게 음식을 대접해 주는 일은 있을 수 없었다. 이 남자는 왜 이렇게 잘해주는 걸까. 소녀는 아직 긴장을 놓을 수 없었다.

남자가 소녀를 치료하는 동안 소녀는 잠자코 있었다. 남자는 여러 약초를 섞어낸 후, 조심스럽게 덜어내 소녀의 눈가에 발라

냈다. 시큼한 냄새가 소녀의 코를 마비시켰다. 소녀는 자신이 소꿉장난에 놀아나는 것 같았다. 이런 방법으로 눈을 치료할 수 있을 리가 만무했다. 하지만 남자는 신중하게 치료를 지속했다. 한참 후, 남자가 치료를 마친 순간까지도 소녀는 자신이 눈을 뜰 수 있으리라 믿지 않았다. 잠시 소녀를 내려다보던 남자가 말했다.

"눈을 떠볼래?"

그때 소녀는 자신의 눈에서 뜨거운 열기를 느꼈다. 자신의 상태가 이전과 달라졌음을 확연히 알 수 있었다. 정말 눈을 뜰 수 있는 걸까? 입술을 살짝 깨물며 소녀가 머뭇거렸다.

눈물이 소녀의 뺨을 타고 흘러내렸다. 남자의 손가락이 소녀의 뺨에 흐르는 눈물을 닦아주었다. 부드럽고, 따뜻했다.

"괜찮아. 나를 보렴."

그제야 소녀가 천천히 눈꺼풀을 들었다. 밝은 빛이 쏟아지듯 내렸다. 이런 감정은 처음이었다. 소녀는 자신의 심장이 빠르게 뛰고 있는 것을 느꼈다. 어지럼증에 소녀가 잠시 눈을 감았다, 다시 떴다.

소녀는 고개를 들어 남자를 바라보았다. 처음 마주하는 사람이자 세계였다. 남자는 인자한 미소로 소녀를 맞아주었다. 남자의 가지런한 눈썹 아래로 보이는 눈동자가 휘어지며 접혔다. 그의 얼굴이 눈부시도록 아름답다는 생각에 소녀는 얼굴을 붉혔다. 그 순간, 소녀는 자신이 앞으로 무엇을 위해 살아야 하는지 알았다.

"맹세해요. 저는 당신을 지킬 거예요."

소녀의 말에, 남자가 알 수 없는 미소를 지었다. 미련, 연민, 애정, 슬픔, 그리움. 남자의 검은 눈동자에 많은 것들이 깃들어 있었다. 그 사실을 소녀는 알지 못했지만, 그의 눈동자가 흔들리는 것만은 알았다.

그 눈동자가 아름답다고 생각했다.

시야를 완전히 덮고 있던 장면이 스르르 신기루처럼 사라졌다. 꿈에서 막 깨어난 사람처럼 나는 몽롱한 기분으로 고개를 들었다. 타인의 세계가 생생하게 느껴졌다. 감정까지도 전부다. 미나가 팔짱을 낀 채 나를 지켜보고 있었다.

"어떻게 된 거야?"

"내 과거를 본 거야."

"그게 어떻게 가능해?"

"세계의 끝에 다녀왔잖아. 그곳에 다녀온 인간은, 잠시 동안 힘을 빌리게 돼."

"힘?"

"세계의 힘. 마주치는 이들의 마음을 읽는 능력."

태연히 대답하는 미나에게 나는 눈을 동그랗게 뜨며 물었다.

"그럼, 내가 계속 이 상태란 말이야?"

"평범한 인간이라면 사흘 정도 지속될 거야. 책에 적혀있기로는."

미나가 흘깃 눈짓으로 책장을 가리켰다. 나는 숨죽인 채 다음 말을 기다렸다.

"가끔 생각해. 그때 도선생이 나를 왜 구원해 준 것인지. 정말 단순히 영원의 굴레 속에서 벗어나기 위해서였을까?"

얼음처럼 차갑던 미나의 목소리에 잠시나마 온기가 서렸다. 도선생을 언급할 때마다 미나가 지었던 표정의 의미를 이제야 알아차렸다. 그를 왜 그렇게 애틋하게 생각했는지도.

"그는 자신의 목숨 대신 나를 살리기를 선택한 거야. 내가 그를 죽일 거라는 예언을 알면서도 나를 받아주었지. 고치고, 먹이고, 돌봐주었어. 그는 내 전부야."

그 말을 뱉는 미나의 얼굴에서 아무런 동요도 느껴지지 않았다. 마치 감정이 존재하지 않는 사람처럼.

"그러니 나는 그를 지켜야 해. 그리고 그 사람을 죽일 거야."

미나가 입술을 열어 정확하게 말했다.

"그 사람?"

나는 불안한 마음으로 미나를 마주 보았다.

"내 아버지."

미나의 대답에 잠시 할 말을 잃었다. 미나의 표정에서 살기가 전혀 느껴지지 않았기 때문에 잘못 들었는지 싶었다. 하지만 미나는 주저하지 않고 말을 이었다.

"그 후로 내 아버지는 종적을 감추었지. 새소년에게 아버지의 행방에 관한 정보를 받고 있지만, 쉽게 알지 못했어. 하지만 곧 찾을 수 있을 거야. 새소년의 정보력이라면."

그동안 미나가 새소년에게 비밀스럽게 받은 정보가 무엇인지 알아차릴 수 있었다. 수상한 눈빛을 주고받던 까닭도 납득이 갔다. 하지만 아무리 그렇다고 해도… 더듬어 말하듯 나는 천천히 입을 뗐다.

"난 아빠가 일찍 돌아가셨어. 아빠의 죽음이 나 때문이라는 죄책감에 힘들었어. 네가 겪은 일이 얼마나 큰지 나는 가늠할 수 없지만… 네 아버지를 죽여도 너는 구원받지 못할 거야. 평생 죄책감에 시달리는 기분을 나는 알아. 마지막에는 스스로를 향한 증오만 남을 거야."

"그 증오가 나를 살아가게 만드는걸."

미나가 잠시 입가에 조소를 머금었다.

"어떤 사람에게는, 증오가 삶을 지탱할 수 있는 유일한 끈이 되어주기도 해."

나는 더 이상 아무 말도 하지 못한 채 미나의 얼굴을 바라보았다. 미나의 눈동자에는 어떤 감정도 남아있지 않았다. 슬픔, 괴로움, 절망조차 느껴지지 않는 눈빛에서 나는 아무것도 볼 수 없었다. 마치 죽은 사람의 눈을 마주하는 것 같았다. 이렇게 될 때까지 미나는 어떤 시간을 견뎌온 걸까.

"그러니 마지막으로 경고할게. 한 번만 더 도선생을 위험에 빠트리면,"

미나는 잠시 후 말을 이었다.

"너를 죽일 거야."

텅 빈 눈빛에서 처음으로 살기가 느껴졌다. 하지만 그 살기는, 내가 아닌 미나 자신을 향한 것 같았다.

나는 곧 깨달았다. 미나가 죽음을 기다리고 있다는 것을. 외롭고 좁은 방에 갇혀 지내던 그날부터 보름달 안과에서 일하는 지금까지 변함없이. 다만 살아야 하는 목적이 생겼을 뿐이다. 누군가를 살리고 누군가를 죽이고자 하는 욕망이 미나를 지금까지 버티게 해주었을 뿐이다.

그 과정을 끝낸 뒤 미나는 견딜 수 있을까? 증오마저 사라져버린 텅 빈 자신을?

나는 고개를 떨군 채 가만히 고개를 끄덕였다. 그건, 내가 감

당할 수 없는 크기의 마음이었다. 해줄 수 있는 것은 아무것도
없었다.

9. 아빠의 조각

집으로 돌아오자, 걸레를 들고 베란다 창문을 닦는 엄마가 보였다. 인기척에 내 쪽을 바라본 엄마가 미소를 지었다.

"청소 좀 하고 있었어. 집이 더러운 것 같아서."

나는 대꾸하지 않은 채 엄마를 물끄러미 바라보았다. 오늘만큼은 엄마에게 푹 안겨 기대고 싶었다. 다시 걸레질을 하던 엄마가 대답 없는 나를 돌아보았다.

"무슨 일 있었어?"

나는 고개를 저으며 소파에 걸터앉았다. 하지만 표정까지 숨길 수는 없었다. 내 안색을 살피던 엄마가 걸레질을 멈추고 다가왔다.

"누군가를 미워하는 마음은 사람을 외롭게 만드는 것 같아."

나는 미나에게 더 이상 다가갈 수 없으니까. 미나의 아픔에 공감을 할 수도, 그 선택을 응원할 수도 없다. 방관자처럼 지켜볼 수밖에 없는 걸까?

"누구 미운 사람 있어?"

"아니. 나는 아니고."

생각에 젖은 내게 엄마가 다가왔다. 내 옆에 앉아 같은 방향을 바라보며 커피를 후루룩 마셨다.

"엄마는 있어. 미운 사람."

"누군데?"

"네 아빠."

나는 시선을 돌려 엄마를 바라보았다. 엄마의 옆머리에 난 새치가 눈에 띄었다. 저렇게 많았었나. 내가 예전에 염색해 주었는데 금세 새로 생긴 것 같았다. 나는 말없이 엄마의 어깨에 머리를 기댔다. 그리고 조용히 물었다.

"엄마."

"응?"

"정말 아빠가 미워?"

"그럼, 밉지."

"왜?"

"먼저 갔잖아. 엄마 혼자 두고."

엄마가 커피 잔을 손가락으로 쓰다듬었다.

"그렇게 미우면, 왜 도선생에게 치료 안 받았어?"

엄마의 어깨가 들썩였다. 나는 더욱 고개를 파묻은 채 물었다.

"솔직히 아빠 잊어버리면 좋잖아. 옛날일 떠올리면서 슬퍼하지 않아도 되고."

엄마는 말없이 커피를 마셨다. 베란다 밖에 흰 달이 작게 떠 있었다. 캄캄한 어둠 속에 새겨진 빛 조각을 바라보던 엄마가 이윽고 시선을 내렸다. 나직한 목소리로 엄마가 말했다.

"미워하는 사람을 밉다고 말할 수 있는 것도 용기야."

나는 고개를 들었다. 흘러내리는 머리카락을 반묶음 한 엄마의 옆모습이 예전보다 더 견고해 보였다. 엄마가 고개를 돌려 나를 바라보았다. 나는 엄마와 눈을 맞추었다. 엄마의 눈 안에 빛이 반짝, 떠올랐다. 푸른 소용돌이가 천천히 맴돌기 시작한다. 나는 그 빛을 따라 들어갔다. 엄마의 오래된 기억 속으로. 그들의 이야기 속으로.

거울을 들여다보던 여자가 긴 머리카락을 올려 묶었다. 모시로 만들어진 단정한 원피스가 시원해 보였다. 손부채질을 하며 열을 식히던 여자는 고개를 돌려 창밖을 내다보았다. 매미 소리가 들렸다.

한여름이었다. 창 밖에서 나무냄새가 섞인 바람이 넘실 불어왔다. 기분 좋은 꽃향기가 화실에 천천히 퍼졌다. 여자는 자리로 돌아와 앉았다. 이젤에 펼쳐진 흰 도화지를 물끄러미 바라보다가, 연필을 들고 그림을 그리기 시작했다.

여자는 꽃을 그리고 있었다. 조형 꽃 몇 줄기가 천을 입힌 테이블 위에 흩어져 있었다. 여자는 천의 접힌 무늬를 따라 연필선을 그었다. 그리고 오른손을 쓸어내듯 흰 여백을 채워가며 명암을 넣었다. 그렇게 차츰 하나의 작품이 완성되는가 싶었다.

"잠깐 일어나 봐요."

남자가 다가와 여자의 그림을 들여다보더니 말했다. 여자가 자리에서 일어나자, 남자는 연필을 받은 후 자리에 앉아 그림을 고치기 시작했다. 지우개로 날카로운 선을 콕콕 찍어 뭉툭하게 만든 후 명암을 그려 넣었다. 단순한 손놀림에 그림의 완성도가 높아졌다.

"이렇게 선을 정리해 주면 좋아요."

여자가 고개를 끄덕이며 자리에 도로 앉았다. 연필을 넘겨준 뒤 남자는 여자가 그림을 그리는 것을 한동안 지켜보았다. 그리고는 다른 수강생에게 시선을 돌렸다.

여자는 일주일에 두 번씩 화실에 나와 그림을 그렸다. 취업 준비를 하는 여자에게 유일한 취미였다. 아무리 바빠도 화실에 가는 것만은 빠지지 않으려고 노력했다.

어느 날 밤, 공터를 걷던 여자가 낯익은 사람을 발견했다. 그를 향해 다가가서 서자, 상대가 여자를 쳐다보았다. 여자가 먼저 입을 열었다.

"여기서 뭐 하세요?"

"맥주 마셔요."

"…그렇구나."

힘없는 여자의 목소리에 남자가 어깨를 으쓱하더니, 조심스럽게 물었다.

"같이 마실래요?"

여자는 거절하지 않고 곧바로 남자 옆에 앉아 맥주캔을 받았다. 맥주를 딴 뒤 벌컥벌컥 마시는 여자를 남자가 가만히 바라보았다. 여자는 시원하다는 듯이 감탄을 내뱉었다.

"무슨 일 있어요?"

땅으로 시선을 떨구며 여자가 고개를 끄덕였다.

"오늘이 면접이었거든요. 근데 망쳤어요."

"면접이었어요?"

"네."

"그래서 속상했구나."

남자의 자상한 목소리에 여자가 고개를 들었다. 취기 때문인지 이 남자에게는 속마음을 다 얘기할 수 있을 것 같았다. 여자는 남자와 눈을 맞추며 자신의 손목을 쓸어내렸다. 남자의 시선이 여자의 손목에 머물렀다. 여자는 크리스털 비즈가 달린 얇은 팔찌를 하고 있었다. 여자가 어색한 미소를 지으며 말했다.

"진아 언니가 사줬어요."

"아, 그래요?"

여자는 씁쓸한 표정을 지었다.

"이거 비싼데, 화실 사람들에게 하나씩 나눠주더라고요. 뭐, 언니는 잘사니까…"

여자는 크리스털을 만지작거렸다.

"왜 그래요?"

여자의 표정을 지켜본 남자가 물었다. 여자는 고개를 가로저었다.

"그냥, 부러워서요."

"부러워요?"

"…질투 나요."

말하면서도 여자는 스스로가 이해되지 않았다. 몇 번 보지 않은 남자에게 자신의 마음을 날것 그대로 털어놓는다는 것이. 하지만 여자는 말하고 싶었다. 어쩌면, 남자와 아무 사이도 아니기 때문에 이토록 솔직해질 수 있었는지도 몰랐다.

"학원에 오는 사람들 모두 잘살고, 예쁘고, 부족함 없이 자란 것 같지 않아요? 저도 어디 가면 그렇게 모자란 사람 아닌데, 여기만 오면 기분이 이상해져요. 뭐랄까…"

여자는 발로 땅을 톡톡 두드리며 말을 이었다.

"내가, 보잘것없어지는 느낌?"

여자가 양손을 펼쳐냈다. 가만히 자신의 손을 들여다보던 여자가, 손을 모아 주먹을 꽉 쥐더니 시선을 들어 남자를 보았다.

"한심하죠?"

"아니요."

여자의 질문에 남자는 주저하지 않고 대답했다. 여자의 눈동자가 남자를 꿰뚫어 볼 듯 투명하게 향했다. 마치 대답을 기다리는 사람처럼. 남자는 무언가 말해주고 싶었다. 하지만, 막상 입술에서 나온 문장은 명료했다.

"질투해도 괜찮아요."

여자는 이해할 수 없다는 표정으로 남자를 바라보았다. 질투해도 괜찮다니. 화실 사람들을 질투해도 괜찮다는 뜻일까? 아니면, 자신을 질투해도 괜찮다는 뜻일까? 질투하는 여자가 괜찮다는 뜻일까? 속으로 곰곰이 생각해 보던 여자가 방긋 웃으며 되물었다.

"정말요?"

"네. 뭐, 질투할 수도 있죠. 사람이면."

"선생님도 질투 나는 사람 있어요?"

"난 없어요."

"왜요?"

"그냥. 각자의 삶이 있는 거죠, 뭐."

남자의 대답에 여자는 생각에 잠겼다. 태어나서 한 번도 질투를 해보지 않았던 적이 없었던 것 같았다. 여자는 항상 이기고 싶었다. 주변의 사람들과, 친구들과, 자신의 가족까지도. 스스로 이룰 수 없는 목표를 설정해 놓고 그 목표를 향해 끊임없이 전진했다. 더 나은 사람이 되기 위해서. 아니, 제일 나은 사람이 되고 싶어서.

그런 여자에게 남자의 대답은 신선하게 느껴졌다. 거짓처럼 느껴지지는 않았다. 오히려 솔직하기 때문에 여자는 당황했다. 한동안 말이 없는 여자에게 남자가 물었다.

"수민 씨는 화실에 왜 다니게 된 거예요?"

"어렸을 때, 같은 반 친구가 있었거든요. 되게 예쁘고, 공부도 잘하고, 인기도 많았어요. 왜, 그런 애들 있잖아요. 어디서나 눈에 띄는 아이."

여자가 눈꺼풀을 무겁게 내렸다가 다시 올렸다. 아래로 향하는 시선이 가라앉아 보였다.

"그 애가 미술을 했거든요. 그림을 무척 잘 그렸는데… 그냥 대학 와서도 가끔 생각이 나더라고요. 딱히 친했던 건 아니라서 연락은 안 하지만. 나도 한번 그림을 배워볼까, 하고."

옆에 내려놓은 맥주캔을 집은 여자가 한 모금을 마셨다.

"지금 생각해 보니까, 제가 그 애를 미워했던 것 같아요."

"그것도 용기 같은데."

"네?"

"미운 사람을 밉다고 말하는 것도 용기라고 생각해요. 자기 마음도 모른 채 지나가는 사람도 많거든요."

남자가 마시던 캔을 기울여 여자의 캔에 부딪혔다.

"그러니까 수민 씨는 잘하고 있어요. 걱정 마요."

갑자기 여자는 얼굴이 달아오른 것 같았다. 누군가의 순수한 위로를 받는 것이 얼마 만인지 몰랐다. 떼쓰는 아이처럼 여자가 다 마신 맥주캔을 남자를 향해 내밀었다.

"저 이거 더 마시고 싶어요."

"아, 그래요? 이제 없는데."

"그럼 사다 주세요."

"그래요. 내가 사러 다녀올게요."

남자가 한 번에 대답했다.

"정말요?"

홧김에 던진 말이었는데, 진짜 사러 갈 것처럼 남자가 일어나 재킷을 걸쳤다.

"여기서 기다려요."

남자가 묵묵히 걸어가는 뒷모습을 여자가 가만히 바라보았다. 생각해 보니, 화실에서도 남자는 여자가 부탁한 것을 거절한 적은 없었다. 연필을 빌려달라거나 이젤을 옮겨달라고 했을 때, 남자는 언제나 여자를 도와주었다. 하지만, 아무리 그래도 이런 부탁까지 다 들어줄 필요는 없지 않나. 농담도 진담으로 알아듣는 사람인 걸까. 아니면, 거절을 못 해서 들어주는 걸까. 편의점은 여기서 꽤 멀 텐데.

남자가 사라진 곳을 바라보던 여자가, 빈 캔을 주워 쓰레기통에 버렸다. 한참 뒤, 남자가 손에 맥주캔 하나를 들고 걸어왔다. 봉지 없이, 맥주캔 단 하나만을 양손에 소중히 쥐고 오는 남자의 모습에 여자는 저절로 웃음을 터트렸다.

"잘 마실게요."

남자에게 맥주캔을 받자마자 여자는 뚜껑을 따 마셨다. 그리고 남자에게 눈짓으로 무언가를 가리켰다. 벤치에서 얼마 떨어지지 않은 바닥에 시꺼먼 벌레가 붙어있었다. 다리를 버둥거리며 몸부림치는 벌레가 쉼 없이 움직였다.

"저게 뭐예요?"

"몰라요. 근데 엄청 크죠?"

여자가 한 손으로 턱을 괸 채 벌레를 지그시 바라보았다.

"아까부터 계속 저러고 있었어요. 뒤집혔는데 못 일어나나 봐요."

여자와 대화를 나누는 시간 동안 남자의 시선이 종종 벌레를 향했다. 잠시 지켜보던 남자가, 안되겠다는 얼굴로 자리에서 일어났다.

"계속 저러고 있는데요? 좀 신경이 쓰이네."

"구해주려고요?"

"혹시 이면지 같은 거 없어요?"

여자는 자신의 가방에서 종이를 꺼냈다. 낮에 화실에서 그리던 꽃 그림이었다.

"아니, 이거 말고…"

여자는 그림의 일부분을 찢어내 남자에게 건네주었다.

"괜찮아요. 다시 그리면 돼요. 그리고 종이는 지금 이거밖에 없어요."

남자가 여자에게 종이를 받아 벌레 가까이 다가갔다. 여자는 양손에 맥주캔을 잡은 채 남자를 지켜보았다. 남자는 벌레를 바닥에 내려주었다. 여자는 말없이 멀리 달아나는 벌레를 바라보았다.

남자가 자리로 돌아와 마시던 맥주캔을 들었다. 여자는 벌레가 사라지고 남은 자리를 물끄러미 바라보았다. 남자도 캔을 비우고 멀리 내다보았다. 여자는 남자의 옆모습을 가만히 지켜보았다. 벌레 한 마리 버둥거리는 것조차 보지 못하고 구해주는 사람이다.

이 사람이라면, 여자가 원하는 사랑을 줄 수 있을 것 같았다. 어떤 상황에서도 여자를 버리지 않을 것 같았다. 모두가 하찮게 여기는 벌레의 목숨마저 살피는 사람이라면. 여자는 온전한 사랑을 원했다. 그 사랑을 이 사람이라면 줄 수 있을 것 같았다.

"보름달이네요."

하늘을 올려다보던 남자가 문득 말했다. 여자도 남자의 시선을 따라 하늘을 바라보았다. 구름 한 점 없는 맑은 하늘에 흰 원이 동그랗게 빛을 비추었다. 바람이 불어와 여자의 머리카락을 간질였다.

여자는 자신의 마음에도 바람이 부는 것을 느꼈다. 봄처럼, 알 수 없는 감정이 피어나기 시작했다.

파란 불빛이 깜빡이더니 영상이 천천히 눈앞에서 지워졌다. 나는 한동안 입을 열지 못했다.

엄마가 소파에 몸을 기댄 채 잠들어 있었다. 엄마의 오래전 기억을 보는 건 낯설었다.

엄마와 아빠에게도 젊은 시절이 있는 건데, 왜 이토록 낯설게 느껴질까. 엄마가 내 나이였을 때를 한 번도 상상해 보지 않았다. 엄마는 언제나 엄마였으니까. 그런 엄마에게도 젊었던 시절이 있었는데. 남들을 질투하고, 미워하고, 자신의 감정에 솔직했던 시절이 분명 있었던 건데.

예전에 엄마에게 물어본 적이 있었다. 왜 아빠와 결혼했냐고. 답답할 정도로 착한 아빠를 선택한 엄마를 그때는 이해할 수 없었다. 엄마는 내게 이렇게 대답해 주었다.

'아빠는 엄마를 이해해 주는 사람이었어.'

그날 엄마는 아빠에게 어떤 감정을 느꼈던 걸까? 질투하는 모습마저 포용해 주는 이 사람이 자신을 구원해 줄 수 있다고 믿었던 걸까. 아빠가 엄마에게 어떤 상처를 줄지도 알지 못한 채 사랑에 빠지게 된 걸까?

만약 엄마와 아빠가 처음부터 만나지 않았다면? 그날 엄마가 면접을 망치지 않았다면, 아빠가 그 공원에 앉아서 혼자 맥주를 마시지 않았다면… 그럼 엄마가 이렇게 슬픔을 안고 살아갈 필요도 없을 텐데.

하지만 엄마는 아빠와의 기억을 선택했다. 슬픔마저 안고 가겠다고 다짐했다. 나는 엄마를 지그시 바라보다가 시선을 내렸다. 결국 엄마는 아빠에게 구원받지 못했다. 하지만, 아빠는 엄마에게 중요한 것을 주었다. 엄마가 남은 삶을 살아갈 수 있도록 만들어 준, 무언가를.

남겨진 사람들은 어떤 마음으로 살아가야 하는 걸까. 아빠가 내게도 남긴 자국이 있었다. 그것은 공허였다. 마음에 커다란 구멍이 뚫린 것 같았다. 이런 마음으로 어떻게 살아갈 수 있을지 나는 알지 못했다. 영원히 이 구멍이 채워지지 않을 거라고 생각했다. 그러니 나는 평생 이렇게 불행할 거라고.

아빠가 죽어도 달라지지 않는 세상을 보면서, 아빠의 무력함을 깨달았다. 고작 한 사람의 죽음으로 시간은 멈추지 않는다. 내가 아무리 힘들어도, 엄마가 아무리 아파해도 세상은 계속 움직일 것이다. 그 사실이 나를 더욱 외롭게 만들었다. 아빠가 세상에서 잊힌다는 사실이. 그뿐만 아니라 우리 모두 결국 그렇게 세상에서 사라질 거라는 마음이.

달라지지 않은 세상 속에서, 소중한 사람을 잃은 사람들은 어떻게 삶을 지속할 수 있을까? 눈물이 뺨을 타고 흘러내렸다. 자꾸만 닦아내도 시야가 흐릿해졌다. 나는 잠든 엄마의 머리카락을 한 손으로 쓸어 넘겼다. 곤히 잠든 엄마가 평온해 보였다. 아빠 꿈을 꾸는 걸까?

어쩌면, 그래서 아빠를 미워했던 것 같다. 아빠가 세상에서 잊

혀가는 존재라는 사실에. 그렇게 세상에 아무런 것도 남기지 못한 채 가버렸다는 사실을 받아들일 수 없었다.

그래서 엄마를 외롭게 만든다고 생각했다. 내가 외로워진 이유도 그 때문이라고. 하지만, 아빠의 존재가 세상에서 지워졌어도, 엄마 안에 남아있는 아빠의 조각 하나면 충분하지 않을까?

"깜빡 잠들었나. 왜 이렇게 졸리지…"

엄마가 눈을 비비며 중얼거렸다. 나는 엄마를 와락 껴안았다. 놀란 엄마가 천천히 나를 안아주었다.

"엄마."

나는 잠긴 목소리로 불렀다.

"왜?"

"나도, 아빠가 미워."

엄마는 말이 없었다. 그저 나를 꼭 안아주었다.

창밖에서 바람이 불어왔다. 바람결에 달빛도 넘실 베란다로 흘러들어 온 것 같았다. 꽃향기가 봄처럼 피어났다.

엄마의 품이 참 따뜻했다.

10. 방문

딸랑

경쾌한 소리와 함께 유리문이 열렸다. 나는 편의점 내부를 둘러보며 김밥이 놓인 선반을 찾았다. 간단히 먹을 점심을 사려던 참이었다. 삼각김밥 하나와 우유를 집은 후 계산대로 향하던 때였다. 과자가 놓인 선반 앞에 익숙한 뒷모습이 보였다. 시우였다.

반가움에 이름을 부르려는 순간, 시우가 작은 초콜릿을 쥔 손을 재킷 주머니 속으로 넣었다가 빈손으로 뺐다. 그러고는 알바생 쪽을 살피며 눈치를 보았다. 나는 시우 뒤로 가 그의 재킷 주머니 속에 손을 넣었다. 그제야 내 존재를 알아챈 시우가 눈을 크게 뜨며 당황했다.

"언제 왔어?"

"이러지 않기로 했잖아."

재킷 주머니 속에서 초콜릿을 빼내며 내가 대답했다. 시우는 시선을 내리더니 입술을 깨물었다. 뭐라 하고 싶은 말이 있는 듯 보였지만, 말없이 편의점을 나갔다. 나는 사려던 것을 내려놓고 시우를 따라갔다. 편의점을 나온 시우가 뒤도 돌아보지 않고 계속 걸어갔다.

"이시우!"

시우가 걸음을 멈추었다. 나는 시우 앞으로 가 그의 얼굴을 마주 보았다. 땅을 향한 시우의 시선이 흔들렸다.

"나도 모르겠어. 내가 왜 이러는지."

시우는 자신의 양손을 펼쳐냈다. 손끝을 향한 시선이 어지러운 듯 눈을 깜빡였다.

"머리로는 안 된다는 걸 아는데, 나도 모르게 손이 움직여. 마치…"

시우는 작은 목소리로 말을 이었다.

"내가 아닌 것 같아. 다른 영혼이 들어있는 것처럼."

나는 시우를 물끄러미 바라보았다. 도대체 무슨 말일까. 도선생에게 치료를 받는데도, 훔치고자 하는 욕망이 계속되는 걸까.

"도선생에게 가자."

별일 아니라는 목소리로 내가 말했다.

"도선생은 알 거야."

시우가 고개를 천천히 끄덕였다. 어느덧 노을이 산을 넘어가고 있었다. 저무는 해가 세상의 그림자를 땅 위로 길게 늘어뜨렸다. 그림자를 밟으며 나는 시우와 함께 학교 쪽으로 걸어갔다. 골목을 막 벗어나려던 때였다.

까-악- 까-악-

까마귀 소리가 들렸다. 평소보다 유난히 크고 힘 있는 소리였다. 나는 고개를 들어 소리의 행방을 찾았다. 할 말이 있는 듯한 새의 울음소리를 지나칠 수 없었다.

후드득, 날개를 펼치며 날아온 까마귀가 가까운 담 위에 앉았다. 나와 시우를 내려다보더니 한 번 더 요란하게 울었다.

"사라?"

까마귀에게 가까이 다가간 내가 외쳤다. 사라가 대답하듯 날아올라 하늘을 빙글 돌았다. 검은 날개가 우중충한 하늘 위를 부드럽게 유영했다.

"여기 있었구나!"

가까이서 다급한 목소리가 들렸다. 사라를 보던 시선을 내려 목소리의 주인과 눈을 마주쳤다.

"미나?"

시우가 나보다 먼저 반응했다. 갑작스러운 미나의 출현에 놀란 나는 눈을 깜빡이며 미나를 바라보았다.

"네가 여기에 어떻게….."

미나를 보름달 안과 밖에서 보는 건 처음이었다. 미나가 안과 밖으로 나올 수 있다고 생각조차 해본 적이 없었다. 그동안 미나는 마치 안과와 떨어질 수 없는 존재인 듯 느껴졌다.

"너희를 찾으러 왔어."

미나는 숨을 고르며 대답했다.

"보름달 안과로 가지 마. 지금은 위험해."

비밀스럽게 주변을 살피는 미나가 유난히 긴장돼 보였다.

"위험하다니? 그게 무슨 뜻이야?"

"바사가 찾아왔어."

미나의 말을 이해하기까지 시간이 필요했다. 옆에 선 시우의 표정이 단번에 일그러졌다.

"바사가 어떻게?"

나는 떨떠름한 표정으로 물었다.

"나도 자세히는 몰라. 저번 일 때문이겠지. 도선생이 나를 보내 너희를 안전하게 대피시키도록 했어."

미나는 굽혔던 허리를 펴내며 대답했다. 미나의 턱 끝에 땀방울이 맺혀있었다.

"도선생은 괜찮아?"

미나에게 가까이 다가서며 물었다.

"너희가 그의 약점만 되지 않는다면."

미나가 차갑게 대답했다. 더 이상 말을 잇지 못한 채 미나의 냉담한 얼굴을 바라보았다. 다시 평온을 찾은 미나의 눈빛이 나와 시우를 훑어보았다. 그러고는 가볍게 말을 뱉었다.

"따라와."

뒤돌아 걷기 시작하는 미나의 모습을 가만히 바라보았다. 시우가 먼저 미나를 따라 걷기 시작했다. 뒤돌아 나를 확인하는 시우를 따라 나도 발걸음을 옮겼다. 하지만, 마음속에 해결되지 않는 불편한 감정이 있었다. 그 감정을 누른 채 미나와 시우를 따라 걸어갔다.

"시간이 없어."

느릿하게 걸음을 옮기는 나를 향해 미나가 쏘아붙였다. 나는 속도를 내 미나 뒤로 바짝 붙었다. 내 뒤로 사라의 날갯짓 소리가 들렸다.

미나가 향한 곳은 학교 뒤로 이어진 산이었다. 산속에 난 길을 따라 걷던 미나는, 우거진 수풀 속을 통과했다. 수풀 너머로 나무와 잡초들이 불규칙하게 자라나 있었다. 신발 아래로 진흙과 풀잎이 묻어났다.

어디로 가는지 묻고 싶었지만, 쉽게 입술이 열리지 않았다. 함께 걷는 시우도 별다른 말을 하지 않은 채 산을 오를 뿐이었다. 앞서 걸어가던 미나는 종종 멈춰선 후 다시 걷기를 반복했다. 나는 불안한 마음으로 흙을 털어내며 걸음을 옮겼다.

뚜두둑, 나뭇가지가 부러지는 소리가 발밑에서 들렸다. 풀이 바람에 스치는 소리, 고여있던 빗물이 땅으로 떨어지는 소리, 새의 날갯짓 소리가 들렸다. 미나는 멈춰선 후 눈을 감았다. 모든 것들에 귀를 기울이는 것처럼 신중한 표정이었다.

"뭐 하는 거야?"

시우가 속삭이듯 내게 물었다.

"소리를 듣는 거야."

대답은 미나의 입술에서 나왔다. 천천히 눈꺼풀을 든 미나의 눈빛이 어느 때보다도 예리해 보였다.

"이곳에 문이 숨겨져 있거든. 정확한 위치는 나도 몰라. 하지만, 소리를 들으면 찾을 수 있어."

"문? 어디로 향하는데?"

"몰라. 통과해야지 알 수 있어."

"어디로 향하는지도 모르는데, 통과한다고?"

한 손으로 나뭇결에 묻은 잎사귀를 떼어내던 미나가, 나를 바라보았다.

"그렇기 때문에 안전한 거야. 바사도 우리가 어디로 가는지 알 수 없으니까. 게다가 이 문은, 한 번 사용하면 다시는 열리지 않아."

"그럼, 돌아올 때는?"

깨달은 얼굴로 시우가 물었다.

"그래서 내가 함께 가는 거야."

미나가 서늘하게 대답했다.

"지금 도선생 곁에 있어야 하는 사람은 나인데, 바보 같은 너희는 스스로 도망도 못 칠 테고, 운 좋게 문을 찾아간다고 해도 돌아올 수 없을 테니까."

미나는 품속에서 푸른 단도를 꺼내 살펴보더니, 손에 쥐었다.

"그러니 조용히 따라와."

미나가 유독 신경질적인 이유를 알 수 있었다. 지금 도선생은 바사와 있을 것이다. 미나는 그를 지키고 싶었을 텐데. 나는 복잡한 마음으로 시선을 떨구었다. 미나에게도, 누구에게도 걸림돌이 되고 싶지 않았다. 미나가 걸음을 멈춘 땅 위에 우람한 나무가 자라나 있었다.

나무 기둥 앞에 기다란 거울 하나가 놓여있었다. 미나는 거울을 유심히 살펴보았다. 전통적인 문양이 새겨진, 세로로 긴 사각 거울이었다. 거울의 고동색 틀은 나무와 한 몸처럼 어우러져 보였다. 난잡하게 자라난 담쟁이넝쿨이 거울 위를 덮었다. 이끼가 쌓여 탁한 거울을 미나가 맨손으로 닦아냈다. 오랜 세월 버려져 있었는지 거울은 쉽게 깨끗해지지 않았다. 나무의 그림자에 가려진 거울 위로 미나가 단도를 수직으로 꽂았다. 쨍, 하는 소리와 함께 거울이 조각나는 소리가 들렸다. 동시에, 희미한 빛이 단도로부터 거울 전체에 퍼졌다.

"뭐 한 거야?"

"문을 활성화한 거야."

빛나는 거울을 눈짓하며 미나가 말했다.

"먼저 들어가."

지켜보던 시우가 먼저 거울 속으로 발을 뻗어 들어갔다. 나는 단도가 꽂힌 거울을 물끄러미 바라보았다. 새하얀 빛을 띤 거울이 안전한 장소로 데려다줄 거라는 확신이 들었다. 하지만, 나는 거울 속으로 들어가기를 주저한 채 미나의 눈치를 살폈다.

바사가 온 이유를 나는 알고 있었다. 나와 한 계약 때문이었다. 바사가 내 목숨을 쥐고 있는 이상, 그에게서 도망칠 수 없다는 사실을 아는 사람은 나뿐이었다.

"빨리 들어가. 거울이 곧 완전히 깨질 거야."

미나가 다급하게 말했다. 거울이 띤 빛이 차차 희미해지고 있었다. 동시에 거울의 표면 위로 세밀한 금이 생기기 시작했다. 결심한 표정으로 나는 거울에서 한 걸음 물러섰다.

미나가 뭐라 말하기 위해 다시 입술을 연 순간, 나는 미나를 거울 속으로 밀어 넣었다. 미나가 이해할 수 없다는 표정을 지었다.

"잠깐…!"

짧은 외침과 함께 미나가 거울 속으로 빨려 들어갔다. 거울을 수놓은 빛이 스르륵 힘을 잃고 지워졌다. 요란한 소리와 함께 거울이 깨끗이 깨지며 땅으로 무너져 내렸다. 나는 주먹을 쥐고 땅 위에 쌓인 파편들을 바라보았다. 손에서 땀이 났다. 죽은 생물처럼 거울에서 아무것도 느껴지지 않았다.

심호흡을 내쉰 후 나는 뒤를 바라보았다.

다시 돌아가야 했다.

* * *

종소리가 은은하게 울렸다. 거울에서 빠져나오자마자 나는 평소와 다른 기류를 눈치챘다. 보름달 안과 안, 탁자를 사이에 두고 도선생과 바사가 앉아있었다.

"왔어? 마침 재밌는 이야기를 하려던 참이었는데."

바사가 고개를 돌려 나를 바라보았다. 푸른 양복을 입은 바사의 얼굴이 하얗고 아름다웠다. 가는 손가락으로 턱을 괸 바사가 나를 향해 싱긋 웃었다. 도선생의 얼굴은 평온해 보였지만, 눈빛만은 날카로웠다. 나를 향한 시선을 거두며 도선생이 말했다.

"쓸데없이 왔군. 돌아가."

그 말에 파동이 일듯 바사의 얼굴에 보조개가 피었다. 모닥불 앞에 앉아있는 그의 얼굴이 불그스름했다.

"이대로 보낼 수는 없지."

바사가 손을 들어 내게 가까이 오라는 시늉을 했다. 누군가 내 몸을 밀어내는 것처럼, 알 수 없는 힘에 이끌려 바사 앞으로 떠밀려 갔다. 나와 시선을 맞춘 바사가 한 번 더 손짓을 하자, 이번에는 나무 의자가 내 뒤로 끌려왔다.

"앉아."

바사가 손가락을 내리자 내 몸이 뒤로 떠밀려 넘어졌다. 중심을 잃은 나는 쓰러지듯 의자에 앉았다. 그런 내 모습을 본 도선생의 미간이 찌푸려졌다. 바사가 키득거렸다.

"너희가 도망칠 시간을 벌어주느라 음료를 한 시간이나 걸려 만들었지 뭐야? 그런 줄도 모르고 제 발로 다시 찾아오다니. 어리석고, 용감해."

나는 그제야 탁자 위에 놓인 두 개의 유리잔을 알아차렸다.

"사람이 늘었으니 잔도 더 필요하겠군."

"저는 괜찮아요."

나는 서둘러 손을 내저었다. 바사를 마주하는 것만으로도 숨이 막힐 것 같았다. 태평하게 음료를 마실 수는 없었다. 대답하면서도 손에 찬 땀이 미끈거렸다.

"부탁 아닌데. 혹시 모르잖아? 여기 독을 탔는지."

바사가 손끝으로 녹색 병을 두드렸다. 불투명한 유리로 만들어진 병 안에 검은 액체가 끈적하게 들어있었다. 그것이 무엇인지 알지 못했지만, 보기만 해도 속이 매스꺼웠다. 고개를 돌리며 울렁거리는 속을 진정시켰다.

자신의 잔을 내 쪽으로 밀어낸 바사가 녹색 병을 들어 음료를 따랐다. 여러 향기가 난잡하게 섞여 코끝에 달라붙었다. 나는 잔을 쥔 채 마시기를 머뭇거렸다.

"아직 학생이라."

내 앞에 놓은 잔을 도선생이 대신 가져갔다. 바사와 눈을 맞춘 후, 보란 듯이 한 번에 들이켰다. 입가에 묻은 검은 향기를 닦아내며 도선생이 미소를 지었다. 입은 웃었지만, 예리한 눈매로 바사를 마주 보았다.

이번에는 바사 앞에 자신의 빈 잔을 밀어낸 도선생이 음료를 따랐다. 바사가 잔을 들어 향을 맡았다. 어지러운 향기가 날아갈까 봐 아끼듯 천천히 음미한 후, 턱을 들어 잔을 마셨다. 잔을 내려놓은 바사의 표정이 밝았다.

"신경을 많이 썼구나. 내가 좋아하는 것들을 모조리 집어넣었어. 인간의 죄와 양심, 미움, 질투, 원망. 하지만 한 가지가 빠졌단 말이야."

바사는 자신 있게 말을 이었다.

"인간의 영혼, 그게 얼마나 맛있는데. 비슷하게 맛을 흉내 낸 것 같은데, 전혀 달라. 그건 절대 흉내를 낼 수 없단 말이지."

말을 마친 바사가 주머니 속에서 사탕을 하나 꺼내 비닐을 풀었다. 나는 양손을 꽉 쥐었다. 심장이 밖으로 튀어나올 것처럼 뛰었다. 나와 눈이 마주친 바사가 여유로운 표정을 지었다.

"여기까지 온 이유를 말해."

도선생이 안경을 올려 쓰며 바사를 노려보았다.

"뭘 물어봐? 이미 알고 있으면서."

바사는 입 안에 든 사탕을 오도독 씹으며 대꾸했다. 비릿하고 달콤한 향이 바사의 입 안에서 흘러나왔다.

"네 심부름꾼이 내 약국에서 사탕을 훔쳤어. 그 정도면 내가 올 이유로 충분하지 않나?"

"훔쳤다고?"

도선생이 고개를 돌려 나를 바라보았다. 몹시 당황한 얼굴이었다. 나는 고개를 슬며시 끄덕였다.

"설마, 몰랐다는 말로 얼버무리려는 건 아니지?"

바사의 목소리에 날이 서있었다.

"훔친 값의 배로 보상하지."

잠시 후 도선생이 대답했다. 사탕을 삼킨 바사가 킬킬거리며 웃었다.

"훔쳤다 뿐이겠어? 그 사탕을 먹어버렸는걸."

도선생의 표정이 급속도로 어두워졌다. 나는 사탕을 먹은 시우를 떠올렸다. 겉으로는 달라진 게 없어 보였는데, 무언가 잘못된 걸까? 심각한 얼굴의 도선생을 보니 불안해졌다.

"너도 알 거 아니야? 그 사탕은, 내 지배를 받는 인간의 영혼. 사탕을 먹은 이상 그는 내 소유야."

바사가 한 손을 펼쳤다가, 도로 쥐었다. 자신의 주먹을 내려다보는 바사의 눈빛에 탐욕이 가득했다.

"그러니 내 소유를 찾으러 올 수밖에. 누가 약속을 안 지켜서 말이지."

바사가 나를 흘겨보는 시선을 투명하게 느낄 수 있었다. 몸을 움츠리며 고개를 떨구었지만, 여전히 그의 시선은 나를 향했다.

"그 아이는 줄 수 없어."

도선생이 나지막하게 대답했다.

"치료를 받은 손님이야. 네가 데려가도록 보고만 있을 수는 없지."

"아, 그래서 미리 꽁무니를 내뺀 건가?"

능청스럽게 웃으며 바사가 안과를 둘러보았다.

"설마 내가 찾지 못할 거라고 생각하고?"

도선생은 침묵했다. 바사가 입꼬리를 올리며 뺨에 보조개를 만들어 냈다. 진지한 대화와 달리 장난스러운 표정이었다.

"난 너와 싸우고 싶지 않아. 알다시피, 네게 좋은 감정을 갖고 있다고."

바사가 천천히 말했다.

"그 아이를 줘."

도선생은 대답하지 않은 채 잠시 시선을 내렸다. 다시 바사와 눈을 맞추었을 때, 도선생은 입가에 희미한 미소를 띠며 물었다.

"그 아이를 주면, 돌아갈 건가?"

등을 소파에 기대어 앉으며 바사가 픽 웃었다.

"그럴 리가."

"여기 온 진짜 이유를 말해. 고작 인간의 영혼 하나 데려간다고 오진 않았을 테지. 네게 넘쳐나는 사탕 중 한 개일 뿐일 테니."

"맞아. 그 아이는 내게 그저 흥미일 뿐이야."

바사가 손을 뻗어 소파 손잡이를 쓰다듬었다. 오래전 과거를 떠올리듯 부드럽고 다정한 손길이었다.

"옛날 생각나지 않아? 네가 나를 찾아왔을 때 말이야."

바사가 눈을 깜빡일 때마다 푸른 밤이 움직이는 것 같았다. 바사의 눈 안에 서린 고요한 빛이 도선생을 정확히 향했다.

"넌 홀로그램의 바다를 통과한 유일한 존재였지. 그래서 더욱 내 관심을 끌었어."

피식 웃으며 도선생이 코웃음을 쳤다.

"네가 관심을 보인 건 내 영혼이겠지. 하지만 꿈 깨. 네 손에 죽지 않을 테니까."

"나도 알고 있어."

바사는 능청스럽게 대꾸했다.

"네가 어떤 죽음을 맞이하는지."

불편한 침묵이 흘렀다. 나는 입술을 잘근잘근 씹으며 둘의 대화에 귀를 기울였다. 바사가 갑자기 소파에서 일어나 거울 앞으로 성큼 걸어갔다. 빠르게 뒤를 돌아본 바사가 어린아이처럼 웃었다. 바사의 눈동자에 서린 희미한 빛이 광채를 띠며 폭주하는 것 같았다.

"나는 네 죽음을 직접 봐야겠어. 네 영혼이 육체를 빠져나가

어떻게 사라지는지, 영원의 삶을 사는 불사의 존재가 마지막 순
간 어떤 고통을 느끼는지. 고통, 희열, 쾌락, 네 전부를 지켜볼
거야."

도선생의 시선이 모닥불을 향했다. 타들어 가는 모닥불에서
불씨가 튕기는 소리가 들렸다. 난로 안에서 불길이 사방으로 뻗
어나갔다.

"난 네 영혼을 보고 싶어."

선망하는 눈빛으로 바사가 양팔을 벌렸다.

"그건 내가 가진 어떤 사탕보다도 아름다울 거야."

도선생이 입술을 벌려 무어라 말을 하려다가, 굳게 닫았다. 바
사의 맹렬한 눈빛에 광기가 들어있었다. 바사는 곧 미소를 감추
었다.

"내가 치료한 환자들의 영혼으로는 부족했나?"

도선생의 말에 바사가 히죽거리며 웃었다.

"아직도 마음에 담아두고 있는 거야? 그냥 몇 번 실험을 해봤
을 뿐이야. 네게 치료받은 영혼들이 얼마나 고귀한지 직접 확인
해 보고 싶었어."

"그래서 그들을 꾀어내어 네 장난감으로 만들었군."

"영원을 누리도록 도왔을 뿐이야."

"네게 복종하는 유령이 필요했던 거겠지."

도선생이 이토록 강렬하게 분노를 표출한 적은 없었다. 나는 숨을 죽인 채 그들의 대화를 들었다. 바사는 태연한 얼굴로 거울을 바라보았다. 거울이 미세하게 떨리기 시작했다. 바사의 눈에 장난기가 물씬 비쳤다.

"이제 오는군."

바사의 말이 끝나기도 전에 거울이 깨질 듯이 흔들렸다. 거울 속에서 검은 연기가 퍼져 나오더니 스르륵 움직여 사람의 형상을 만들어 냈다. 마치 검은 유령을 보는 듯했다. 유령은 검은 정장을 갖춰 입은 차림이었다. 바사 옆에 곧은 자세로 선 유령을 나는 숨죽인 채 올려다보았다.

"기억나? 네가 치료한 자 중 한 명이지. 지금은 내 비서인데, 볼 때마다 놀라워."

희미한 유령의 이목구비에서 두 눈만은 명확하게 보였다. 샛노란 원형의 빛 두 개가 눈에 박혀있었다. 황금빛 보석처럼, 유독 눈만 휘황찬란하게 번쩍였다.

"아름다운 눈을 보는 재미가 쏠쏠하단 말이지."

도선생의 얼굴이 무참히 일그러졌다. 한 번도 본 적이 없는 표정이었다.

"…"

유령이 바사의 귓가에 다가와 무언가 속삭였다. 유령이 말을

할 때마다 검은 연기가 흩어져 바사의 얼굴을 덮었다. 낙엽이
움직이는 소리처럼 작은, 알아들을 수 없는 소리였다.

"준비가 되었군."

바사가 흡족한 미소를 지었다.

"나가."

이윽고 도선생이 말했다. 놀랍도록 섬뜩한 목소리였다. 바사
의 어깨가 떨렸다.

"진심이야? 지금 나를 보내면…"

바사는 말을 잇지 못했다. 입술이 열리지 않는 듯했다. 도선생
이 소파에서 일어나 바사를 똑바로 바라보았다. 바사의 얼굴에
당혹감이 어렸다. 바사의 입술이 가까스로 조금 움직이다가 멈
추었다.

나는 긴장한 상태로 도선생을 지켜보았다. 도선생에게서 뜨
거운 열기가 뿜어져 나오고 있었다. 나무가 타들어 가는 냄새가
났다. 도선생의 몸이 부들부들 떨리더니, 가죽이 찢어지는 소리
가 격렬하게 들렸다. 검은 날개가 도선생의 등에서 맹렬하게 튀
어나왔다.

등을 찢고 나온 날개 아래로 검붉은 피가 덩어리져 떨어져 내
렸다. 나는 저절로 뒷걸음을 치다 의자에 걸려 넘어졌다. 그대
로 주저앉은 채 올려다본 도선생은 평소보다 거대했다.

안과 안의 사물들이 흔들리기 시작했다. 땅이 진동했다. 내 다리가 소리를 내며 바닥에 부딪쳤다. 선반 문이 열리고, 쌓인 그릇들이 무참히 떨어졌다. 소파와 의자, 책상이 요동치며 움직였다. 벽에 붙은 거울들이 떨어져 요란한 소리를 쌓아냈다. 나는 두려움이 가득 찬 얼굴로 흔들리는 바닥을 바라보았다. 도선생의 피가 흘러 불규칙한 무늬를 만들어냈다.

바사의 얼굴에 긴장감이 어렸다. 몸을 움직이려는 듯했지만, 손가락만 겨우 벌릴 수 있을 뿐이었다. 나는 떨어져 내리는 책들을 양손으로 막았다. 바사가, 이글거리는 눈빛으로 겨우 손가락 두 개를 부딪쳤다.

검은 유령이 바사를 빈틈없이 덮었다. 바사의 몸이 검은 안개 속으로 숨었다. 천장이 요란히 부서져 내렸다. 바사의 몸을 흡수한 검은 유령이 연기를 퍼트리며 금박의 거울 속으로 빠르게 사라졌다. 사방에 연기가 깔려 앞이 보이지 않았다. 나는 연기 속을 헤집고 다니며 도선생을 불렀다. 대답은 들리지 않았다.

날개가 찢어지는 소리가 가까이서 들렸다. 물건들이 뒤엉켜 바닥을 긁었다. 연기를 헤치며 소리가 나는 쪽을 바라보았다. 무너져 내린 천장을 받치고 선 도선생의 형체가 눈에 들어왔다. 찢어진 날개가 고통스럽게 날갯짓을 하고 있었다. 천장을 받치는 동시에, 그의 날갯짓에 천장이 무너져 내렸다. 도선생을 부르는 내 목소리가 요란한 소음에 묻혔다.

나는 도선생에게 달려가 뒤에서 와락 껴안았다. 도선생은 진정되지 않았다. 천장이 완전히 무너져 내리며, 천장 사이의 틈이 검게 보였다. 거대한 천장을 온몸으로 받은 도선생의 몸이 기울였다. 나는 그의 날개를 더욱 파고들었다.

"제발… 그만해요!"

내가 울먹이며 외쳤다.

쿵!

보름달 안과가 무너져 내렸다. 그가 이룬 것들이 형체도 없이 사라졌다. 남은 것은 오직 암흑뿐이었다. 나는 아무 소리도 듣지 못했다. 그저 눈을 감은 채 그의 푸석하고 차가운 날개 속으로 얼굴을 파묻었다.

"그만…"

미세하게 새어나가던 내 목소리마저 잠잠해졌다. 몸이 붕 뜨는 느낌이 들었다. 미세한 바람이 나를 스치고 지나갔다. 꿈속을 유영하는 것 같았다. 조금 전까지 내가 보름달 안과에 있었다는 사실이 무색할 만큼, 고요한 세계가 머릿속에 그려졌다. 나는 천천히 눈을 떴다.

거대한 우주가 보였다. 별들이 춤을 추듯 공전하며, 빠르게 움직였다. 광활한 우주를 도선생이 가로질러 날고 있었다. 찢어진 날개와 멍든 몸으로, 도선생은 나를 업은 채 우주를 비행했다. 나는 눈 안에 모든 것들을 담았다. 피로 축축해진 그의 날개 속으로, 얼굴을 깊숙이 파묻었다.

11. 식물원

작은 별이 떨어지며 포물선을 만들어 냈다. 빛이 지나간 자리마다 눈부신 가루가 흩날렸다. 나는 도선생의 등에 대고 물었다.

"여긴 어디예요?"

도선생은 대답하지 않았다.

"어디로 가는 거예요?"

여전히 대답은 없었다. 나는 고개를 들어 아래를 내려다보았다. 회전하는 별들이 멀리서 쏟아졌다. 입을 다물지 못한 채 나는 유영하는 빛들을 바라보았다.

말없이 비행하던 도선생이 서서히 속도를 줄였다. 멀리서 투명한 물체가 반짝였다. 나는 눈을 지그시 뜨며 그 물체를 알아보려 애썼다. 우주 한가운데에, 거대한 원형의 유리가 땅처럼 평평하게 놓여있었다. 도선생이 유리로 만들어진 땅 위로 사뿐히 내려앉았다. 나도 도선생의 날개에서 내려와 땅 위로 올라섰다.

투명한 땅을 들여다보니, 거울이었다. 땅 전체가 다채로운 빛을 반사했다. 발걸음을 내디딜 때마다 새로운 색채가 나를 비추었다. 거울에 비친 내 얼굴을 가만히 들여다보았다. 흩날린 머리카락이 뺨에 덕지덕지 붙어있었다. 도선생의 등에서 흐른 피가 머리카락을 엉망으로 만들었다. 닦아내려 했지만, 이미 굳어버린 핏자국은 머리카락에서 쉽게 떨어지지 않았다.

"하아…"

지쳐 보이는 도선생이 거울 위에 주저앉았다.

"괜찮아요?"

내가 다가가 묻자, 도선생이 고개를 끄덕였다.

"안과가 무너졌어. 이번에는 꽤 오래 버틴다고 생각했는데, 방심했군. 네가 있어서 다행이야. 폭주하지 않도록 나를 막아줘서 고마워."

나는 폭주, 라는 단어를 머릿속으로 곱씹었다. 도선생과 어울리지 않는 단어처럼 느껴졌다.

"여기는 어디예요?"

"세계와 세계 사이의 틈. 다양한 장소로 연결된 곳이지. 안전하지만, 오래 있지는 못해."

도선생이 시선을 멀리 두며 말을 이었다.

"미나와 시우를 찾으러 가야 해. 바사는 이미 움직였어."

마른 입술을 움직여 도선생이 힘겹게 말했다.

"어디로 갔는지 아세요?"

나는 조급한 마음으로 물었다.

"바사라면 시우를 찾을 수 있을 거야. 사탕을 먹었으니까. 우리는 바사를 따라가면 돼."

일어서려던 도선생이 중심을 잃고 도로 주저앉았다. 양손으로 땅을 짚은 도선생이 흐릿하게 웃었다.

"모습을 자주 바꾸면 그만큼 힘을 쓰게 돼. 이번 달에는 유독 자주 바뀌었어."

나는 얼마 전 도선생이 다쳐 온 날을 떠올렸다. 걱정스러운 내 표정을 본 도선생이 말을 덧붙였다.

"걱정 마. 조금 다쳤을 뿐이니까."

"…조금이 아닌 것 같은데요."

나는 조그만 목소리로 대꾸했다. 그날도 도선생은 괜찮다고 말했지만, 상처가 심했다. 지금은 도선생을 치료해 줄 수 있는 엄마도 없었다. 나는 도선생의 상처를 유심히 살펴보았다. 날개가 붙은 어깨 쪽이 찢어져 속살이 보이고, 흰 뼈가 무자비하게 드러났다. 보기만 해도 고통스러웠다.

"그런 표정 지을 필요 없어. 내 회복력은 인간과 다르니까."

"고통을 느끼는 건 동일하잖아요."

속상한 마음에 나는 몰아세우듯 대꾸했다.

"살이 찢어지고 뼈가 드러나는 고통만큼은 생생히 느껴지겠죠. 아무리 상처가 빨리 낫는다 한들, 도선생도 아프잖아요. 조금만 더 자신의 몸을 보살피면 안 돼요? 곁에서 보는 사람 생각을 해서라도…"

지금까지 내가 지켜본 도선생은 본인의 몸은 중요하게 여기지 않는 것 같았다. 영원이라는 굴레, 그 축복이자 저주에 대항이라도 하는 것처럼.

"견딜 수 없는 건 그쪽이 아니야."

도선생은 시선을 내리며 말을 이었다.

"내가 치료한 인간들의 끝을 보는 것이 괴로워."

"그렇다고… 이렇게까지…"

나는 도선생의 날개 위로 손바닥을 갖다 댔다. 도선생이 숨을 내쉴 때마다 날개가 조금씩 부풀어 올랐다가 사그라들었다. 도선생이 힘겹게 몸을 일으켰다. 나는 힘을 다해 도선생의 팔을 지탱해 주었다. 금방이라도 넘어질 것처럼 도선생이 비틀거렸다.

"안 되겠어요. 쉬어야 해요."

"시간이 없어."

도선생은 고개를 숙여 거울을 내려다보았다. 도선생이 손바닥을 들어 거울을 향해 펼치자, 거대한 원형의 거울에 금이 가기 시작했다. 나는 눈을 크게 뜨며 거울을 바라보았다.

쩽그랑!

순식간에 거울이 깨졌다. 수천, 수만 개로 깨진 파편들이 사방으로 흩어져 반짝였다. 도선생의 눈동자에 황금빛이 일며 동그란 문양이 새겨졌다.

파편들이 빠르게 움직이기 시작했다. 나는 도선생을 부축하기 위해 애썼다. 발을 디딘 땅이 진동했다. 수만 개로 조각난 거울들이 동시에 움직였다.

도선생은 모든 거울을 알아보는 것 같았다. 새로운 거울을 마주할 때마다 도선생의 눈에 박힌 문양이 빛을 내며 돌아갔다. 꼭 문양에 맞는 거울을 찾아내기라도 하는 것처럼.

어지러울 정도로 많은 거울들이 지나갔다. 도선생의 눈에 박힌 문양이 쉴 새 없이 바뀌었다. 갑자기 그 문양이 멈추며 빛을 더욱더 세게 내뿜었다. 나는 도선생의 문양이 가리키는 거울을 바라보았다.

마름모 모양으로 조각난 거울에 청록색 빛깔이 스며있었다. 고요한 숲을 떠올리게 만드는 색이었다. 그 안에 담긴 도선생과 내 모습도 푸르렀다.

도선생의 눈에 박힌 문양이 번쩍였다. 나는 양손으로 도선생의 팔을 꼭 잡았다. 바람이 크게 일었다. 금방이라도 바람에 휩쓸려 갈 것 같았다.

도선생이 한 손으로 내 어깨를 감싸 안았다. 나는 내 몸이 바람에 흩어지는 것을 느꼈다. 마치 공기로 변하듯 가벼운 기분이 들었다. 차가운 이슬처럼 가볍고 신선한 공기가 내 뺨을 어루만졌다.

상쾌함을 느끼며, 눈을 떴다.

* * *

신선한 풀냄새가 코를 찔렀다. 눈을 크게 깜빡이며 주변을 둘러보았다. 어둠 속에 처음 보는 식물들이 거대하게 자라나 있었다. 한참 올려다보아야 할 정도로 높은 천장은 유리로 만들어진 듯했다. 정교한 무늬가 천장을 기점으로 구를 만들며 내려왔다. 우리가 있는 곳은, 반구 모양의 유리관 안이었다.

"여기군."

이곳이 어디인지 도선생은 한 번에 눈치챈 것 같았다. 나는 도선생을 향해 고개를 돌렸다. 두꺼운 나무에 기대어 앉은 도선생은 무력해 보였다. 가까이 다가가 도선생의 상태를 살폈다. 찢긴 왼쪽 날개가 등 위에 위태롭게 붙어있었다.

"여기 있을 거야."

도선생이 낮게 중얼거렸다. 쓸쓸하고 찬 바람이 숲을 가로질렀다. 천장으로 뻗은 나무들이 빼곡히 자라 있었다. 검은 나무 사이로 얽힌 그림자들이 무질서하게 땅 위로 뻗었다. 나는 스산한 기분을 느끼며 나아갔다. 먼 거리는 어둠 속에 묻혀 흐릿하게 보일 뿐이었다. 누군가 있다고 생각하기에는 지나치게 께름칙했다. 불길한 기운이 온몸을 감쌌다.

"여기에… 있다고요?"

믿기지 않는 목소리로 내가 속삭였다. 도선생이 손가락으로 땅을 짚으며 몸에 힘을 주었다. 잠시 도선생의 눈에 푸른 광선이 비쳤다가 사라졌다. 한 번 더 시도했지만, 소용없었다. 눈에 비치는 푸른 광선은 단 몇 초도 지속되기 힘들어 보였다.

"지금 내 상태로는 그들을 찾을 수 없어. 직접 둘러보는 수밖에."

힘없는 목소리를 뱉는 도선생의 얼굴이 창백했다. 땀이 고인 이마가 주름을 깊게 만들어 냈다. 이미 그의 한계를 넘었다는 사실을 깨달았다. 숲의 어둠을 내다보며 내가 대답했다.

"제가 찾아볼게요. 여기 계세요."

"네가?"

도선생의 입가에 조소가 피어났다.

"바사를 마주치면 어쩌려고?"

"어떻게든 되겠죠."

내 목소리가 살짝 떨렸다.

"제가 벌인 일이에요. 그러니 저도 돕고 싶어요."

"네가 벌인 일?"

도선생이 혼잣말처럼 중얼거렸다. 나는 고개를 끄덕이며 도선생을 조용히 내려다보았다. 나뭇잎에 고인 물이 떨어져 도선생의 눈가에 닿았다. 도선생의 뺨이 움찔거렸다. 작은 스침조차 그에게 위협이 되는 듯 했다.

"너무 고요해."

도선생이 낮게 중얼거렸다.

"멀리 가지 않을게요. 걱정하지 마세요."

말을 마친 내가 도선생의 반대편으로 뛰어갔다. 등 뒤에서 나를 부르는 도선생의 목소리가 들렸다. 곧이어 몸을 일으키다가 주저앉는 소리가 났다. 신음이 입술 사이로 새어 나오다 멈추었다. 도선생이 나를 지켜보고 있을 거라는 생각에 달리기를 멈추지 않았다.

잠시 후 나는 어두운 숲을 바라보며 숨을 골랐다. 어느 방향으로 가야 할지 갈피를 잡을 수 없었다. 막상 당당하게 말하고 왔지만, 나는 이곳에 대해 아무것도 알지 못했다. 그저 커다란 유리 돔 안의 작은 식물원 같다는 생각이 들 뿐.

고개를 들어 천장을 올려다보자 고전적인 양식의 무늬가 새겨진 유리 돔이 보였다. 그 아래로 검은 나무들이 길게 뻗어있었다. 수를 헤아릴 수 없을 정도로 풍성한 나무들이 사방을 에워싸고 있기 때문에 방향을 알 수 없었다. 나는 가만히 선 채 귀를 기울였다.

땅에 떨어진 나뭇잎이 바람에 움직이며 사락거렸다. 나는 바람이 불어온 쪽으로 고개를 돌렸다. 식물원 안에 정말 미나와 시우가 있는 걸까? 사람의 기척은 느껴지지 않았다. 어느 방향으로 걸어가든 나무들만 빼곡할 것 같았다.

무작정 걸어가던 나는 문득 뒤를 돌아보았다. 이상했다. 누군가 나를 지켜보는 기분이 들었다. 분명 아무도 보이지 않는데, 시선이 느껴졌다. 앞으로 걸어가면서도 나는 계속 두리번거리며 시야를 확보했다. 긴장감에 손에 땀이 찼다. 지금 내게는 아무런 무기도 없었다. 나를 보호할 방어막 하나 없다는 사실을 깨달은 나는 땅바닥을 살핀 후 부러진 나뭇가지를 주워 들었다. 얇고 기다란 나뭇가지는 지팡이처럼 땅을 짚을 수 있도록 도와주었다. 나뭇가지로 수풀을 헤집으며 계속 나아갔다.

다시 뒤돌아보았을 때, 컴컴한 어둠 속에 늘어선 나무들이 보였다. 처음 걷기 시작할 때 보았던 풍경과 별반 다르지 않게 느껴졌다. 내가 가는 방향이 맞는지 감도 잡히지 않았다. 처음 왔던 길로 돌아가는 것은 아닐까? 어쩐지 걷기 시작한 부근에서 별로 멀어지지 않은 기분이 들었다.

나를 바라보는 시선은 점차 강력하게 느껴졌다. 마치 보이지 않는 형체가 내게 손짓을 하는 것처럼. 나는 조심스럽게 뒤를 돌아보았다. 그 시선을 향해 걸어가기 시작했다. 양손으로 나뭇가지를 세게 쥔 채 수풀을 헤치며 걸었다. 께름직한 울음소리가 나무 위에서 새어 나왔다. 곧이어 날갯짓 소리와 함께 건조한 깃털들이 떨어졌다. 찬찬히 내려앉은 깃털들을 밟으며 알 수 없는 시선을 향해 나아갔다.

숲에 한기가 내렸다. 차가운 공기가 날아와 살결에 닿았다. 팔에 소름이 돋아났다. 팔을 감싸며 나는 강해진 시선을 느꼈다. 한 걸음씩 다가갈수록, 누군가의 시선이 나를 향한다는 것을 강력하게 확신할 수 있었다.

긴장감에 손에 땀이 찼다. 마지막 수풀만 지나면 시선의 주인이 나타날 것이다. 빠르게 뛰는 심장박동이 느껴졌다. 나뭇가지를 쥔 손이 떨렸지만, 걸음을 멈추지 않았다. 시야를 가리던 수풀을 뚫고 고개를 들었을 때, 눈앞에 펼쳐진 광경에 잠시 넋을 잃었다.

"아름다워."

나도 모르게 말을 뱉었다. 어떻게 이런 곳이 숨겨져 있었을까? 무엇을 쫓아왔는지도 잊은 채 나는 눈앞에 펼쳐진 호수를 한참 바라보았다. 에메랄드빛 호수가 숲 가운데 넓게 펼쳐져 있었다. 스치는 바람에 빛의 조각들이 넘실거리며 호수 표면 위를 떠다녔다.

아무도 알지 못하는 미지의 영역에 들어온 것 같았다. 누구의 눈에도 띄지 않는 비밀스러운 성역. 고귀하고 성스러운 숲속에 숨겨진 보물. 나는 빛나는 보석을 발견한 기분으로 호수 가까이 다가갔다.

상쾌한 향기가 호수에서 올라오고 있었다. 파릇파릇한 생명의 냄새였다. 숲에 흐르는 어둡고 기이한 분위기와는 상반되는 냄새. 호수 주변으로 부드럽고 신선한 풀이 자라나 있었다. 나는 풀을 밟으며 호수를 따라 걸었다. 호수를 휘젓는 바람결이 밀려와 나를 스치고 숲속으로 들어갔다. 마치 생명을 퍼트리는 기지개처럼.

그때 나는 시선을 다시 한번 느꼈다. 그 시선을 향해 고개를 숙였다. 그리고 그를 마주 보았다. 호수 속에 비친 내가, 나를 보고 있었다. 나는 한 걸음 물러난 후 주변을 둘러보았다. 다시 호수 안을 들여다보았을 때, 여전히 나를 바라보는 내 시선을 느꼈다. 오싹한 기분에 나는 서성이며 한동안 입술을 떼지 않았다.

지금까지 느낀 시선이 사실은 내 것이었음을 곧바로 깨달았다. 호수 속의 나는 묘한 눈빛을 하고 있었다. 내가 움직이는 방향대로 따라 움직이는 물속의 내가 나를 기다려 온 것 같았다.

시선을 들어 숲을 멀리 바라보았다. 여기는 도대체 어디지? 평범한 식물원은 아닌 것 같았다. 실내 정원에 이토록 큰 호수가 있다는 사실도 쉽게 믿기지 않았다. 나는 호수 앞에 쪼그리고 앉아 물 안을 들여다보았다. 맑은 물살에 내 얼굴이 투명하게 비쳤다. 마치 거울처럼. 그동안, 나와 다른 이들을 다른 세계로 이어준 그 거울처럼.

물 위로 손바닥을 펼쳤다. 손바닥 밑에서 올라오는 호수의 향기가 콧속으로 들어왔다. 물 안에 손을 담그자 서늘한 기운이 향기와 함께 온몸으로 퍼져나갔다. 나는 눈을 떠 시선을 마주보았다.

그 시선을 향해 몸을 굽혔다. 경쾌한 소리가 들렸다. 물이 튕기며 풀 위로 웅덩이를 만들어 냈다. 호수 속의 내가, 나를 편안히 안아주었다.

* * *

다시 눈을 떴을 때, 나는 풀밭 위에 누워있었다. 누가 나를 구해준 건지 알기 위해 고개를 들어 인적을 찾았다.

"용감했어."

도선생의 목소리였다. 나는 앉은 채로 도선생을 올려다보았다. 도선생은 여전히 피로해 보였지만, 한결 편안해진 인상이었다.

"도선생이 저를 구해준 거예요?"

"아니, 네가 너를 구해준 거지."

"무슨 뜻인지 모르겠어요."

"우리는 호수를 통해 붉은 숲의 영역으로 들어온 거야."

"붉은 숲?"

나는 멀리 내다보았다. 새까만 밤하늘 아래 검붉은 나무들이 수두룩 피어있었다.

"자기 자신을 발견할 수 있는 자만 호수를 통과할 수 있어. 타인의 도움 없이 오직 자신의 힘으로만 찾아낼 수 있는 문이야."

나는 몸을 일으켜 도선생을 마주 보았다. 반가운 마음에 도선생의 팔을 붙잡는데, 그의 몸이 몹시 차가웠다. 투명한 얼음처럼 도선생의 몸이 흐릿하게 비쳤다. 나는 한기를 느끼며 도선생의 몸에서 손을 떼었다.

"나는 지금 완전한 상태가 아니야. 영혼일 뿐이지."

"영혼이라고요?"

나는 한 걸음 떨어져서 도선생을 천천히 훑어보았다. 도선생의 피부가 평소보다 푸른빛을 띠었다. 얇은 살 위로 비닐처럼 반짝이는 겹이 둘러싸여 있었다.

"내 육체는 호수 건너편에 있어. 회복되기까지 시간이 걸리기에 영혼만으로 호수를 통과했지."

나는 불안한 표정을 지었다. 내 눈앞에 실재하는 도선생이 영혼이라는 주장을 쉽게 믿을 수 없었지만, 그가 거짓말을 하지 않으리라는 것도 알고 있었다. 나는 잠시 생각하다가 물었다.

"지금, 도선생은 안전한 거예요?"

"글쎄, 아직까지는."

도선생이 미소를 지으며 대답했다. 지금까지 본 어떤 표정보다도 자유로워 보였다. 바람이 불어왔다. 꽃과 풀, 나뭇잎, 흙, 별들이 움직였다. 모든 것들은 부드럽게 흘러갔다. 움직이는 동시에 아름다웠다. 그때 나는 또다시 한기를 느꼈다. 하지만 이번에는 도선생에게서 오는 것이 아니었다.

"우리를 기다리고 있군."

도선생도 느낀 듯 숲을 멀리 내다보았다. 도선생이 먼저 숲을 향해 천천히 나아갔다. 모든 걸 내려놓은 노인처럼 후련해 보이는 발걸음으로. 도선생을 가만히 지켜보던 나도 걸음을 옮겼다.

발아래 촉촉한 흙이 밟혔다. 도선생은 바람을 따라 걸었다. 이곳을 흐르는 다른 모든 것들처럼.

12. 작별

"이제 왔어? 기다리느라 지루했잖아."

테이블 위에 턱을 괴고 앉아있던 바사는, 오랜 친구를 반기듯 양팔을 벌려 나와 도선생을 환영해 주었다. 바사 주변으로 커다란 꽃들이 강렬하게 자라나 있었다. 도선생은 감정이 드러나지 않는 얼굴로 바사를 마주 보았다. 도선생의 몸을 흐르는 찬 기운이 유독 강해진 것 같았다. 나는 양팔을 감싸며 주변을 둘러보았다.

"여긴…"

바사 앞에 커다란 테이블이 놓여있었다. 레이스가 달린 하얀 테이블보 위로 수십 개의 그릇이 펼쳐지고, 그 안에 다양한 디저트가 담겨있었다. 작은 푸딩과 조각난 초콜릿, 아이싱이 뿌려진 별 모양 쿠키, 동물의 모양을 딴 젤리들, 이름을 알 수 없는 정체불명의 요리들까지. 디저트 주변으로 형광 액체가 담긴 유리 비커도 함께 어질러져 있었는데, 바사의 약국에서 본 것과 비슷한 약품 냄새를 풍겼다.

검은 밤이 풀밭을 어둡게 덮고 있었다. 긴 촛대 위를 흐르는 불길이 바람에 따라 화르륵 타올랐다 사그라들기를 반복했다. 붉은 촛불이 분위기를 기이하게 만들어 주었다. 불그스름한 빛을 받은 바사의 얼굴이 아이처럼 웃었다.

"막 파티를 벌이려던 참이거든."

바사의 목소리는 유난히 가벼웠다. 이해할 수 없는 바사의 말에 나는 몸을 움츠렸다. 싱긋 웃는 바사의 미소가, 칼을 쥔 아이처럼 섬뜩해 보였다.

"새로운 실험을 하는 기념으로. 이번에는 꼭 성공했으면 좋겠군."

바사가 테이블 위로 흩어진 비커들을 모아 자신 가까이 가져갔다. 그러고는 비커에 담긴 액체를 한곳으로 모으기 시작했다. 형광 액체가 혼합되며 작은 기포가 만들어졌다. 부글부글 끓는 액체에서 들릴 듯 말 듯 작은 비명이 흘러나왔다. 나는 불안한 표정으로 도선생을 바라보았다. 도선생의 낯빛이 차츰 어두워졌다.

바사의 손을 거친 비커들이 바사 옆으로 무질서하게 쌓였다. 하나로 모인 액체는 진득한 갈색빛이었다. 흡족한 표정으로 바사가 고개를 돌려 커다란 꽃을 바라보았다.

푸른 이파리에 마구 찍힌 작은 점들이 이파리 위를 벌레처럼 기어 다녔다. 나는 어깨를 움츠렸다. 절대 가까이 가고 싶지 않은 꽃이었다. 꽃보다는 거대한 벌레 같았다.

꽃의 아가리 사이로 흐르는 연녹색 진액이 땅에 떨어졌다. 진액이 닿은 부분만 풀이 죽어있었다. 나도 모르게 한걸음 물러섰다. 아무래도 느낌이 좋지 않았다.

오케스트라 지휘자처럼, 바사가 꽃을 향해 손을 간결히 흔들었다. 꽃이 천천히 아가리를 벌렸다. 거대한 꽃봉오리가 열리며, 그 사이로 삐져나온 사람의 다리가 보였다. 꽃은 사람을 품고 있었다. 그 존재를 확인한 도선생이 바사를 향해 다가서며 말했다.

"아이들은 놔주지."

"안 그래도 그럴 생각이라."

바사가 손가락 두 개를 펼쳐 올렸다. 그러자 거대한 꽃봉오리가 스멀스멀 열리기 시작했다. 숨을 죽인 채 나는 꽃이 뱉어내는 덩어리를 바라보았다. 액체로 뒤덮인 덩어리가 땅바닥에 떨어진 후 꿈틀거렸다. 힘겹게 숨을 내뱉는 미나의 얼굴이 진액

사이로 보였다. 희미한 숨을 내뱉는 미나는 의식이 없어 보였다. 당장 미나에게 달려가려는 나를 도선생이 막았다.

바사가 이번에는 자신의 왼편에 있는 꽃을 향해 손짓을 했다. 그러자 잠들어 있던 꽃이 천천히 벌어지기 시작했다. 괴상한 비명을 내지르듯 꽃이 사람을 토해냈다. 바닥에 무참히 내팽개쳐진 시우도 의식이 없어 보였다. 나는 몸을 부르르 떨며 바사를 노려보았다.

"봐봐. 멀쩡하잖아? 상처 하나 내지 않았다고."

바사의 태도는 당당했다. 평정심을 유지하며 도선생이 조용히 말했다.

"우리 둘이 얘기를 나누지."

도선생이 그들의 대화에서 나를 제외하려 한다는 사실에 마음이 조급해졌다. 바사가 히죽 웃었다.

"아니, 너를 상대할 대상은 내가 아니야."

도선생의 눈썹이 꿈틀거렸다. 가라앉은 눈빛으로 말없이 바사를 얼마간 바라보았다. 마치 자신을 상대할 자가 누군지 듣지 않아도 이미 아는 것 같았다.

풀밭에 쓰러져 있던 미나가 머리부터 서서히 일어났다. 고개를 들고 눈을 깜빡이는 미나의 얼굴에서 진액이 뚝뚝 떨어져 내렸다. 치익. 타들어 가는 소리와 함께 진액이 닿은 풀이 시들었다.

"미나!"

내 외침에 미나가 내 쪽을 쳐다보았다. 내가 달려가지 못하도록 도선생이 내 손목을 붙잡고 있었다. 미나의 눈동자가 일순간 커졌다. 평소와 분위기와 달랐다. 움직이는 봉제 인형처럼 감정이 없는 움직임 같았다.

도선생의 손을 뿌리치기 위해 힘을 주었지만, 도선생은 나를 놓지 않았다. 도선생의 몸에서 나오는 한기가 점차 강해졌다. 잠식할 것만 같은 추위에 나는 곁눈질로 도선생을 보았다. 도선생의 얼굴이 얼음처럼 반투명해진 상태였다. 분노인지 걱정인지 모를 다양한 감정들이 그의 얼굴에 뚜렷하게 비쳤다. 하지만 눈빛만은 초연했다.

"아, 아파요!"

내 외침에 도선생이 불현듯 내 손목을 풀었다. 나는 튕겨 나가듯 미나를 향해 달려갔다. 도선생에게 잡힌 손목이 얼어버린 것처럼 감각이 없었다. 미나를 향해 반대 손을 뻗는 순간 바사가 내게 손짓을 했다. 나는 알 수 없는 힘에 이끌려 바사에게 떠밀려 갔다. 내 귓가에 대고 바사가 은밀하게 속삭였다.

"너는 나와 함께 지켜보면서 즐기라고."

심장이 크게 뛰었다. 지켜보고만 있을 수 없었다. 내가 할 수 있는 일을 해야 했지만, 두 다리가 굳은 듯 움직이지 않았다. 나는 바사를 곁눈질로 쳐다보았다. 이제 막 잠에서 깬 듯 몽롱한 표정을 짓는 시우의 모습이 보였다. 눈꺼풀을 비빈 시우의 얼굴이 바사를 향했다.

바사가 걸어가 미나의 옆에 섰다. 겨우 일어선 미나가 테이블에 몸을 기댔다. 미나의 손이 닿은 테이블보가 얼룩에 더럽혀졌다. 바사가 테이블 위에 놓여 있던 비커를 집었다. 그러고는 미나의 어깨에 자신의 팔을 둘렀다.

"자, 네 예언을 성취해."

목소리는 바람처럼 빠져나가 미나의 귀에 속삭였다. 미나의 입을 벌린 후 바사가 비커에 든 액체를 미나의 입 안으로 들이부었다. 미나가 양팔을 강렬하게 내저었다. 발작을 하는 사람처럼 몸이 경련하기 시작했다. 팔과 다리, 얼굴과 어깨, 온몸이 제멋대로 움직이는 것 같았다. 무언가 강렬한 것이 미나의 몸에 들어간 것처럼.

미나의 몸이 이내 잠잠해졌다. 몸속에서 날뛰던 것이 순식간에 사라져 버린 것 같았다. 미나가 시선을 들었을 때, 나는 미나의 두 눈에 무언가 가득 차오른 것을 깨달았다. 미나는 처음 보는 눈빛을 하고 있었다. 강렬한 미나의 시선이 주변을 둘러보더니 곧 한 인물 앞에서 멈추었다.

미나의 눈빛이 이질적으로 느껴지는 이유를 나는 쉽게 알아차리지 못했다. 바사가 비웃듯 중얼거렸다.

"가장 강렬한 욕망을 바꾼 결과지."

나는 탄식을 내뱉었다. 내가 아는 한 미나에게는 두 가지 욕망이 있었다. 도선생을 살리고자 하는 마음과, 아버지를 죽이고자 하는 마음. 상반되고도 비슷한 욕망들. 미나의 눈빛에 그 열망이 선명하게 드러났다. 애정과 증오가 이글거리며 뒤엉켰다.

미나에게 가기 위해 몸에 힘을 주었지만, 나는 겨우 손가락 몇 마디를 움직일 수 있을 뿐이었다. 내 노력을 눈치챈 바사가 손을 뻗어 유리병을 집어 들었다. 가벼운 손길에 병 안에 든 사탕이 달그락거리며 움직였다. 나는 유리병을 흘끔 내려다보았다. 나를 향한 조용한 경고 같았다. 너와 나의 계약, 너의 목숨은 이 안에 있다고.

도선생은 미나의 시선을 피하지 않았다. 처음과 같은 표정으로 미나를 마주 볼 뿐이었다. 오히려 자신보다 미나의 안위를 걱정하는 것처럼. 도선생의 눈빛에 따스함이 설핏 어린 듯했다.

미나가 천천히 도선생을 향해 걸어갔다. 도선생의 앞에 선 미나는 양팔을 벌린 뒤 웃었다. 지금까지 한 번도 보여준 적 없는, 아이처럼 천진한 웃음을 지었다.

"보고 싶었어요."

미나의 눈이 반짝, 빛났다.

"나의 아버지."

* * *

"아버지?"

나는 혼잣말처럼 미나의 말을 되풀이했다. 무슨 상황이 벌어
지는지 알아차리기도 전에 먼저 미나가 움직였다. 품속에서 빠
르게 검을 꺼낸 후 도선생을 향해 달려들었다. 순식간에 벌어진
일이었다.

도선생이 몸을 옆으로 돌려 섰다. 허공을 찌른 미나가 중심을
잃고 넘어질 듯하더니 곧바로 다시 고개를 들었다. 자세를 바로
잡는 눈빛이 날카로웠다.

"안 돼…"

나는 고개를 저었다. 미나를 말려야 했다. 하지만 힘을 잃은
목소리는 쉽사리 빠져나가지 않았다.

미나가 다시 방향을 바꾸어 도선생을 향해 칼을 휘둘렀다. 도
선생은 공격하는 대신 몸을 뒤로 피했다. 미나가 칼을 휘두를
때마다 칼날이 서늘히 반짝였다. 칼날은 길지 않았다. 미나는
돌진하듯 도선생을 향해 달려들었다.

도선생이 몸을 뒤로 빼며 빠르게 피했다. 도선생보다 미나의

움직임이 많았다. 도선생은 최소한의 힘만 쓰는 것처럼 보였다. 도선생이 먼저 공격하는 일은 없었다. 미나가 검을 짧게 휘두를 때마다 무너지는 건 미나 쪽인 것 같았다.

"재미없기는."

미간을 찌푸리며 지켜보던 바사가 하품을 했다. 그리고는 테이블 위에 놓인 나이프를 들어 미나를 향해 던졌다. 미나의 머리카락을 스치고 나이프가 땅으로 떨어졌다. 미나가 고개를 돌려 바사를 바라보았다. 살기가 가득한 눈빛이 여전했다.

"지금 네 눈앞에 누가 있는지를 봐. 네가 얼마나 열망해 왔던 사람인지를. 이 기회를 놓치지 말란 말이야!"

바사가 답답하다는 듯이 소리를 질렀다. 미나의 눈동자가 살짝 커진 것 같았다.

바사가 손을 휘두르자, 미나 앞에 떨어진 나이프가 반짝였다. 미나는 나이프를 집어 들었다. 작은 디저트 나이프에서 광채가 나더니 긴 검으로 바뀌었다. 장검을 든 미나의 표정이 더욱 살벌해졌다. 제정신이 아닌 것처럼 보였다. 마치 거대한 무언가에게 먹혀버린 것처럼.

미나가 양손으로 검을 쥐고 도선생의 배를 향해 찔렀다. 도선생이 몸을 비틀며 허리가 아슬아슬하게 스쳤다. 도선생의 옷이 살짝 찢어져 살이 보였다. 반투명한 살이 푸르스름했다.

검이 길어진 만큼 미나의 위력도 세진 것 같았다. 이제는 가까이 가지 않아도 더 쉽게 찌를 수 있었다. 시간이 지날수록 미나의 공격은 더욱 대담해졌다.

나는 힘을 주어 겨우 손을 움직였다. 테이블 위에 식기가 놓여 있었다. 나는 천천히 포크를 향해 손을 움직였다. 곁눈질로 바사의 눈치를 살피는 동시에 언제 그의 목을 찌를지 가늠하고 있었다. 하지만 바사의 목까지 가기도 전에 제지당할 것 같았다. 겨우 손을 조금 움직일 수 있을 뿐인데 공격을 할 수 있을까?

바사는 미나와 도선생의 싸움에 흠뻑 빠져있었다. 미나가 도선생을 향해 검을 휘두를 때마다 그의 눈동자에서 광기가 보였다. 눈을 커다랗게 뜨고 집중하는 모습이 투견을 바라보는 도박꾼 같았다.

손가락으로 살며시 포크를 감쌌다. 바사의 하얀 목이 내 가까이에 있었다. 무방비 상태인 그를 찌를 차례였다. 포크를 쥔 손에 힘을 주었다.

"으윽!"

바사가 비명을 지르며 뒤를 돌아보았다. 나는 테이블 위에 손을 댄 채 바사를 바라보았다. 아직 내가 공격을 하기 전이었다. 그런데도 바사는 손으로 자신의 목덜미를 감쌌다. 벌건 피가 손바닥에서 흥건히 묻어나왔다. 실성한 듯 바사가 웃으며 상대를 노려보았다.

　바사의 뒤에 시우가 서있었다. 손에 단검을 쥔 시우가 이번에는 정면으로 바사의 목을 향해 돌진했다. 바사가 테이블을 밀어내며 물러섰다. 테이블이 뒤로 엎어지며 그릇과 디저트가 무참히 나뒹굴었다. 예리한 소리와 함께 유리병이 깨졌다. 나는 시선을 굴려 사탕을 눈으로 좇았다. 땅 위로 사탕들이 무작위로 굴러갔다. 바사가 시우를 마주 보았다. 피 묻은 머리카락을 쓸어 넘기며, 신경질적으로 말했다.

　"잠시 너를 잊고 있었군."

　시우는 대답 대신 나를 흘겨보았다. 나를 옭아매던 힘이 풀려 있었다. 몸이 자유로워진 나는 시우 곁으로 다가갔다. 가소롭다는 표정으로 바사가 물었다.

　"고작 그걸로 나를 이기겠다고?"

　바사는 손가락을 들어 시우의 검을 가리켰다. 시우가 바사를 향해 칼날을 세웠다. 미나가 준 칼이었다. 청록색 손잡이를 잡은 시우의 양손이 가늘게 떨렸다. 금방이라도 쓰러질 것처럼 힘겹게 숨을 내쉬는 시우를 나는 불안히 지켜보았다.

　"내가 피 보는 걸 싫어해서 말이지."

　바사가 서늘하게 말했다. 바사의 목과 셔츠에 핏자국이 검게 엉켜있었다. 손으로 목에 남은 피를 쓸어내자, 상처 하나 없는 말끔한 목이 드러났다.

바사가 손짓을 했다. 시우의 손에 들린 검이 바사에게 날아갔다. 칼날이 바사를 향하고 있었지만, 바사는 아무런 상처 없이 맨손으로 단도를 받았다. 칼을 빼앗긴 시우가 당황한 듯 몸을 움찔했다.

"블러디 문이 사라졌군. 네게는 더 이상 흥미가 없어."

상대할 가치도 없다는 듯 바사가 고개를 절레절레 흔들었다. 시우는 이를 악문 채 아무 말도 하지 못했다. 바사가 갑자기 재밌는 생각이 떠오른 듯 씨익 웃더니 시우를 향해 손바닥을 펼쳤다.

지이잉-

거대한 바람이 불어와 시우를 감쌌다. 시우 주위로 검은 소용돌이가 만들어지고 있었다. 거센 바람에 눈을 뜨는 것조차 힘들었다. 양팔로 얼굴을 막은 채 나는 시우를 보기 위해 애썼다. 검은 바람이 휘몰아치며 시우를 칭칭 감기 시작했다.

"아악!"

검은 소용돌이 속에서 시우의 비명이 새어 나왔다. 강한 바람에 나는 시우에게 다가갈 수 없었다. 땅에 닿은 발이 저절로 밀려났다. 모래가 눈과 콧속으로 사정없이 들어왔다.

시우의 비명이 점차 가늘어졌다. 시야를 막던 검은 바람이 하늘로 솟구치더니 흩어졌다. 나는 감고 있던 눈을 떠 시우를 찾앗다.

검은 오라가 시우를 덮고 있었다. 시우의 몸이 투명해지다가 오라 속으로 스며들었다. 나는 시우 가까이 다가갔다. 시우의 몸을 흡수한 검은 기체가 움직이더니 사람의 형상을 만들어 냈다. 시우의 얼굴과 몸이 검은 연기의 형상으로 빚어 만들어졌다. 샛노란 빛이 두 눈에 박혀있었다. 나는 시우가 나를 바라보는 것을 느꼈다.

"어떻게… 된 거야."

눈앞에서 벌어진 일이 믿어지지 않았다. 악몽을 꾸는 것 같은 기분으로 나는 시우를 바라보았다. 등 뒤에서 바사가 웃는 소리가 들렸다.

"나를 좀 도와야겠어, 너는."

나를 바라보던 시우의 눈동자가 움직여 바사에게 향했다. 감정이 결여된 눈빛이었다.

"네 친구 좀 묶어뒤."

바사의 지시에 시우가 나를 향해 빠르게 다가왔다. 피할 새도 없이 나를 덮쳤다. 캄캄한 안개가 시야를 가렸다. 속이 메스꺼워졌다. 기침을 뱉어내며 손을 휘저었다. 내 몸을 옭아매는 게 느껴졌다.

"으…"

입술 사이로 말이 나가지 않았다. 온몸이 쇠사슬에 걸린 것처럼 차갑고 따가웠다. 나는 힘겹게 눈을 떴다. 뿌연 검은 연기 너머로 바사의 웃는 얼굴이 보였다. 눈을 부릅뜨자 차츰 형태가 선명해졌다. 시선을 돌리며 바사가 말했다.

"내가 말했잖아. 함께 즐기자고"

시우가 내 몸에 힘을 실었다. 시우의 검은 손이 내 얼굴을 강제로 돌려 도선생과 미나를 향하게 만들었다. 내가 온 힘을 다해 밀어냈지만, 단단한 시우의 팔은 무력으로 나를 눌렀다. 나는 힘겹게 눈을 떠 앞을 바라보았다.

미나가 도선생을 향해 칼을 휘두르고 있었다. 도선생은 여전히 공격을 하지 않은 채 미나의 칼을 피할 뿐이었다. 도선생은 미나와 처음과 같은 거리를 유지했다. 지나치게 멀지도 가깝지도 않은 거리에서 도선생의 반응 속도는 처음보다 느려진 듯했다.

나는 시선을 돌리고 싶었지만, 시우의 팔이 나를 놓아주지 않았다. 발버둥 칠수록 몸이 더욱 뜨거워졌다. 시우의 몸과 맞닿은 살에서 타는 냄새가 났다. 타들어 가는 통증에 나는 신음을 뱉었다.

팔을 타고 흐르는 피가 느껴졌다. 화상을 입은 듯 살이 파이고 진물이 나왔다. 조금만 몸을 움직여도 몸 곳곳이 쓰라렸다. 눈에 저절로 눈물이 차올랐다. 나는 쥐어짜 내듯 목소리를 내

뱉었다.

"시우야… 아파…"

가는 목소리는 시우에게 닿지 못한 채 사라지는 듯했다. 시우의 팔이 나를 한층 더 강력하게 붙들었다. 고통스러웠다. 몸 전체가 타버릴 것 같았다. 입술을 자그맣게 움직이던 나는 포기한 마음으로 발버둥을 멈추었다.

몸에 힘을 빼자, 시우도 나를 결박한 힘을 조금 풀었다. 단단하고 검은 몸과 내 살 사이에 틈이 생겼다. 쓰라린 상처를 바람이 들어와 차갑게 적셨다. 나는 시우를 잡고 있던 손을 힘없이 내렸다. 눈앞의 상황을 무력하게 바라보았다.

미나는 공격을 멈추지 않았다. 예리하고 빠른 움직임은 처음과 비교해도 전혀 흐트러지지 않았다. 마치 몸에 남아있는 모든 힘을 끄집어내어 한 번에 다 쓰는 것처럼.

미나가 도선생의 얼굴을 향해 검을 내리쳤다. 옆으로 피하던 도선생의 어깨를 칼날이 스쳤다. 도선생이 인상을 찡그리며 자신의 팔을 붙잡았다. 그 틈을 놓치지 않고 미나가 다시 한번 칼을 휘둘렀다. 번뜩이는 검이 도선생의 배를 향해 돌진했다.

하얀 셔츠 위로 붉은 피가 꽃처럼 번졌다. 미나가 힘을 주어 배를 찌른 검을 뽑아냈다. 피가 분수처럼 튀었다. 미나의 얼굴에 핏방울이 얼룩졌다. 도선생이 비틀거리며 겨우 중심을 잡고 섰다. 검을 쥔 미나가 도선생 가까이 다가섰다.

다시 한번 칼을 휘두르기 위해 미나가 팔을 뻗은 순간, 도선생이 미나를 향해 입술을 작게 움직였다. 도선생의 목소리는 미나에게만 들리는 듯했다. 미나의 눈빛이 동요했다. 찰나지만 분명히 도선생을 알아본 것 같았다.

"뭐 해? 확실하게 끝내란 말이야!"

바사의 높은 목소리가 정적을 갈랐다. 흔들리던 미나의 눈동자가 도로 평정을 찾았다. 미나의 검이 도선생을 향해 움직였다.

획!

번뜩이는 칼날이 도선생의 가슴을 관통했다. 도선생의 다리가 바르르 떨리며 무릎을 꿇었다. 긴 검이 가슴을 뚫고 나왔다. 미나가 도선생을 찌른 검을 뽑아내자, 검붉은 피가 분수처럼 나왔다. 피범벅 된 얼굴로 미나가 도선생을 내려다보았다. 도선생의 눈이 미나를 똑바로 응시하고 있었다. 아무런 증오도 없어 보이는 눈빛이었다.

"안 돼!"

나는 이를 악물었다. 주먹을 쥐고, 나를 옭아맨 시우의 몸을 때렸다. 시우의 몸이 뜨거워졌다. 나는 눈물을 쏟아내며 몸부림을 쳤다.

도선생의 몸이 뒤로 힘없이 넘어갔다. 하늘을 향해 누운 도선생이 보였다. 핏자국이 엉겨 붙어 지저분한 셔츠 옆에 흰 손이 가지런히 놓였다.

"그만해!"

나는 목청을 다해 소리 질렀다. 쉰 목소리가 제대로 나가지 않았다. 숨이 제대로 쉬어지지 않았다. 나는 정신없이 주변을 둘러보았다. 어떻게든 시우를 벗어나야 했다. 손으로 내 옷을 더듬었다. 주머니 속에 있는 포크가 손에 잡혔다. 눈을 질끈 감았다가, 다시 떴다.

나는 결심하며 내 손목을 포크로 찔렀다. 끈적거리는 피가 손을 타고 흘러내렸다. 마치 뜨거운 물을 부은 것처럼 아프고 쓰라렸다. 나는 눈물을 흘리며 시우를 향해 속삭였다.

"피로 맹세해. 나를 풀어주면 뭐든지 해줄게. 정말 뭐든 다 들어줄 거야. 약속해."

시우는 대답이 없었다. 나는 시우를 더욱 꽉 안으며 흐느꼈다. 열기가 온몸에 전해졌다.

"너를 살릴게. 내가, 너를 다시 원래대로 바꿔줄게. 그러니 나를 풀어줘."

시우의 몸이 나를 더욱 세게 옭아매더니, 스르르 풀렸다. 바사가 내 쪽을 돌아보았다. 나는 미나와 도선생을 향해 빠르게 달려갔다. 땅에 누운 도선생을 향해 미나가 검을 들고 있었다.

"미나야, 제발!"

나는 검을 든 미나의 손목을 잡고 애원했다. 미나가 고개를 돌려 나를 바라보았다. 오직 증오만 남은 공허한 눈빛이 나를 응시했다. 나는 있는 힘을 다해 미나를 막았다.

"제발…"

미나가 최악의 선택을 하는 것을 막아야 했다. 미나의 정신이 돌아온다고 하더라도, 자신이 저지른 일을 스스로 용서하지 못할 것이다. 그러니 막아야 했다. 모두를 살리기 위해.

"이 사람은 네 아버지가 아니야. 봐봐! 이 사람이 누군지!"

나는 미나를 향해 소리쳤다. 미나의 표정이 움직였다. 시선이 조금 흔들리는 듯했다.

"괜찮아."

누워있는 도선생의 입술에서 나지막한 목소리가 흘러나왔다. 이미 많은 생을 다 산 노인의 목소리처럼 힘이 없었다.

"난 괜찮아. 네가 할 일을 해."

도선생의 목소리에 미나가 나를 밀어냈다. 나는 땅에 넘어져 미나를 올려다보았다. 미나가 나를 지나쳐 도선생을 향해 검을 들었다. 도선생의 배 깊숙이 검을 꽂아 넣었다.

피가 도선생의 몸 아래로 흥건히 흘렀다. 나는 땅에 주저앉은 채 도선생을 바라보았다. 끊임없이 나오는 피가 내게 닿았다.

비릿한 냄새가 자욱했다. 나는 기어서 도선생 가까이 다가갔다. 도선생의 시선이 허공에 멈춰져 있었다.

"도선생…"

나는 떨리는 손으로 도선생의 어깨를 감쌌다. 한없이 차가웠다. 이미 오래전 겨울을 맞이한 밤처럼, 시리도록 아팠다. 도선생의 창백한 얼굴이 검은 피로 얼룩져 있었다. 나는 도선생의 뺨에 붙은 핏자국을 쓸어주었다. 뺨이 딱딱하게 얼어있었다. 도선생의 속눈썹에 서리가 올라왔다. 검은 눈동자가 죽어있었다.

나는 손바닥을 쓸어내려 도선생의 눈을 감겨주었다. 도선생의 몸이 점차 투명해지더니, 작은 반짝임으로 변했다. 나는 그 빛을 망연히 쳐다보았다. 검은 숲을 향해 은은한 빛들이 퍼져나갔다. 푸른빛이 천천히 바람을 타고 날아갔다. 죽음에서 자유로워진 것처럼.

가까이서 넘어지는 소리가 들렸다. 내가 고개를 들자, 검을 쥔 미나가 쓰러져 있었다. 나는 미나에게 다가가 상태를 살폈다.

"영혼의 모양이 완벽하군. 저걸 가져야겠어."

바사가 빛 가까이 다가가 손을 뻗었다. 나는 포기한 표정으로 그 모습을 지켜보았다. 천천히, 숲으로 퍼지던 빛이 바사의 손 안에 동그랗게 모였다. 도선생을 담은 푸른빛이 바사의 손에서 하염없이 움직였다. 그 빛을 손에 얻은 바사의 얼굴에 소름 끼치는 미소가 퍼졌다.

"이게 뭐지?"

바사의 얼굴에 동요가 번졌다. 바사의 손에 담긴 빛이, 서서히 바사의 몸 전체로 번지기 시작했다. 나는 그 모습을 조용히 지켜보았다. 바사의 몸 전체에 반짝이는 점들이 박혔다. 바사가 손으로 빛들을 털어냈지만, 빛은 벌레처럼 바사의 몸을 타고 움직였다. 바사의 피부에 구멍을 내 깊게 파고들어 갔다.

"으아악!"

바사가 고통에 부르짖었다. 바사의 얼굴에 박힌 작은 빛들이 스르르 피부를 갉아 먹었다. 바사의 몸이 빛으로 덮이기 시작했다. 바사의 눈과 코와 입이, 손과 팔과 다리가, 몸 전체가 빛에 먹히고 있었다.

나는 바사의 오른쪽 눈이 사라지는 모습을 보았다. 얼굴의 절반이 먹힌 바사의 모습을. 앞이 보이지 않아 팔을 힘껏 휘젓는 와중에도 양팔이 빛에 먹혔다. 곧이어 바사의 왼쪽 다리가 빛에 물들자, 바사는 혹독하게 무너졌다. 서서히 빛에 잠식되었다.

바사가 사라지고 남은 자리에 빛만이 남았다. 바사를 잡아먹은 그 빛은 처음과 같은 색이었지만, 무시무시해 보였다. 아름답기 때문에 더욱 이질적으로 느껴졌다. 바사는 처음부터 존재하지 않은 것처럼 소멸했다. 도선생이 사라진 것처럼. 바사가 아무리 고통스럽게 울부짖어도, 빛은 잠잠히 그를 감싸 안았다. 그를 끝내 죽였다.

바람이 불어 그 빛을 흐트러뜨렸다. 흩어진 빛이 바람결에 실려 날아갔다. 숲 전체에 퍼지기 시작했다. 작고 푸른 빛. 도선생과 바사를 담은 그 빛이 어디론가 떠나갔다.

날아가는 빛들을 나는 하염없이 쳐다보았다. 그 빛이 찬찬히 세상에 퍼져 결국엔 사라져 가는 모습을.

다시 시선을 내렸을 때, 미나 옆에 나란히 누워있는 시우의 모습이 보였다. 미나와 시우는 눈을 감고 편안히 잠들어 있었다. 시우의 뺨에 검은 얼룩이 묻어있었다. 손으로 얼룩을 닦아내자, 시우의 얼굴이 조금 움직였다. 나는 길게 한숨을 내쉬며 자리에 주저앉았다.

이제 어떻게 해야 할까. 울고 싶은 마음으로 미나와 시우 곁에 털썩 누웠다. 새까만 하늘 위로 달이 희게 떠있었다. 사르르 눈을 감았다. 바람이 불어와 머리카락을 간지럽게 건드렸다. 나는 주먹을 쥔 채 숲의 냄새를 마셨다. 신선한 흙과 나무들의 다채로운 향기가 가득 퍼져있었다. 비릿한 피 냄새도 함께 섞여 내 안으로 들어왔다. 숨을 내쉴 때마다 정신이 맑아지는 것을 느꼈다. 마음이 한결 편안해졌다.

"다 끝났구나."

경쾌한 목소리가 들렸다. 나는 지그시 눈을 떴다. 내 앞에 서서 나를 내려다보는 린이 보였다.

"여기에 어떻게…"

나는 자리에서 일어나 눈을 깜빡이며 물었다. 린이 여유로운 미소를 지으며 작은 주머니를 건넸다.

"자, 받아."

나는 린에게 받은 주머니를 열었다. 하얀 비단 주머니 안에, 아빠가 내게 남긴 거울이 들어있었다. 나는 거울과 린을 번갈아 바라보았다. 사라가 가져간 내 거울을 린이 찾아온 걸까?

"이 모든 일이 일어난 건, 운명이기 때문이야. 그 누구의 잘못도 아니지. 각자 자신의 자리에서 역할을 했을 뿐."

린이 간지럽게 웃었다.

"그러니 떠난 자들에게 연민을 줄 필요도 없어. 남은 자들은 계속해서 살아가야 해."

달빛을 받은 린의 얼굴이 희게 웃었다.

"고마워."

뭐라 말할지 망설이던 내가 말했다. 내 마음을 이해한다는 듯 린이 고개를 끄덕였다.

"이 풍경, 조금 익숙하지 않아?"

하늘을 올려다보며 린이 물었다. 나는 린을 따라 하늘을 올려다보았다. 커다란 밤 아래 떠있는 보름달이 눈부셨다. 펼쳐진 검은 숲은 어둠에 잠겨있었다.

청아하게 비치는 보름달이 희게 얼룩져 있었다. 진갈색 위에 그린 듯한 남색과 청색의 조화가 숲 전체에 퍼졌다. 거칠고 투박한 숲의 나무들에 붉은빛이 은은히 비치고, 그 어둠을 숲이 깊게 빨아들였다. 끝없이 깊어가는 세계가 그 어둠 안에 담겨있는 것 같았다.

"그림을 어떻게 얻게 되었는지 물었지?"

나와 눈이 마주친 린이 입술 끝을 실룩이며 말했다.

"네 아버지를 만난 적 있어. 죽어가는 너를 살리고 싶어 했지. 나는 그를 보름달 안과로 데려다줬어."

린이 숲을 향해 양손을 펼쳐냈다. 그의 손길에 닿은 바람이 물밀듯 퍼져나갔다. 낙엽이 찬찬히 바닥에 내렸다.

"그 대가로 나는 이곳을 그려달라고 했지. 봐봐, 아름답잖아?"

나는 고요한 숲을 바라보았다. 바람이 불어와 뺨을 스치고 흘렀다. 입술을 조그맣게 움직여 물었다.

"그럼, 아빠가 보름달 안과에 왔었다는 거야? 도선생에게 나를 치료받게 하기 위해서?"

"맞아."

"대가가 뭐였어?"

내 목소리가 떨렸다.

"작은 대가는 아니었지."

린은 양손 깍지를 껴 머리 위로 올렸다. 달빛을 받은 얼굴이 희게 웃었다.

"아무리 도선생이라 하더라도, 인간의 운명을 죽음에서 생명으로 바꾸는 일은 쉽지 않아. 그에 상응하는 대가가 요구되지. 너도 알다시피."

린의 입술에서 무슨 말이 나올지 나는 알고 있었다. 린의 눈동자에 서린 푸른빛이 시리도록 차게 느껴졌다.

"아빠의 목숨이구나."

내뱉듯 내가 말했다. 린이 천천히 고개를 끄덕였다.

"그건 오로지 본인의 선택이었어. 자신의 목숨 대신 너를 살리겠다는 의지."

린은 눈을 지그시 떠 멀리 내다보았다. 숲의 향기가 차츰 퍼져왔다. 숨을 뱉듯 린이 가뿐히 말했다.

"그러니 너는 살아."

나는 린의 표정을 잠시 들여다보았다. 린이 후련한 표정으로 고개를 돌렸다. 불어오는 밤바람이 린을 스치고 숲으로 들어갔다. 린이 뒤로 돌아선 후, 떠나기 전 마지막으로 나와 눈을 맞추었다.

린이 숲속으로 걸어 들어갔다. 나는 린이 사라진 숲을 막연히 바라보았다. 손에 쥔 거울이 이질적으로 느껴졌다. 거울 속을 들여다보니, 내 얼굴이 흐릿하게 비쳤다. 엉킨 머리카락과 핏자국, 노곤한 표정이 적나라하게 보였다. 나는 말없이 거울을 꽉 쥐었다.

바람이 불어왔다. 나뭇잎이 흔들리는 소리가 들리더니, 푸드득 새가 날아올랐다.

나는 날갯짓을 하는 새를 바라보았다. 까마귀였다.

보름달 안과

초판 1쇄 인쇄 2023년 12월 1일
초판 1쇄 발행 2023년 12월 15일

지은이 | 변윤하
일러스트 | 권서영
발행인 | 강봉자, 김은경

펴낸곳 | (주)문학수첩
주소 | 경기도 파주시 회동길 503-1(문발동633-4) 출판문화단지
전화 | 031-955-9088(대표번호), 9536(편집부)
팩스 | 031-955-9066
등록 | 1991년 11월 27일 제16-482호

홈페이지 | www.moonhak.co.kr
블로그 | blog.naver.com/moonhak91
이메일 | moonhak@moonhak.co.kr

ISBN 979-11-92776-90-3 03810

＊파본은 구매처에서 바꾸어 드립니다.